聖賢之道

湯一介
戊子年夏

紫陽學脈

陳來題
己未孟夏

新编国学基本教材

李耐儒 ◎ 主编

千家诗选读

陆有富 ◎ 编注

上海财经大学出版社

图书在版编目(CIP)数据

千家诗选读/陆有富编注. —上海:上海财经大学出版社,2018.9
(新编国学基本教材)
ISBN 978-7-5642-3023-4/F · 3023

Ⅰ.①千… Ⅱ.①陆… Ⅲ.①古典诗歌-诗集-中国 Ⅳ.①I222.72

中国版本图书馆 CIP 数据核字(2018)第 090587 号

□ 项目统筹　台啸天
□ 责任编辑　台啸天
□ 书籍设计　张启帆

千家诗选读

陆有富　编注

上海财经大学出版社出版发行
(上海市中山北一路 369 号　邮编 200083)
网　　址:http://www.sufep.com
电子邮箱:webmaster@sufep.com
全国新华书店经销
上海雅昌艺术印刷有限公司印刷装订
2018 年 9 月第 1 版　2018 年 9 月第 1 次印刷

890mm×1240mm　1/32　7 印张(插页:4)　157 千字
印数:0 001—3 000　定价:26.00 元

"新编国学基本教材"编辑委员会

总顾问

郭齐勇　武汉大学国学院院长　教授

学术指导

沈渭滨　秋霞圃书院首任院长　复旦大学历史系教授
王家范　华东师范大学终身教授
葛剑雄　复旦大学历史系教授
骆玉明　复旦大学中文系教授
杨国强　华东师范大学历史系教授
李佐丰　中国传媒大学文学院教授
梁　涛　中国人民大学国学院教授
赵　林　澳门科技大学特聘教授
温伟耀　香港中文大学客座教授
汪涌豪　复旦大学中文系教授
傅　杰　复旦大学中文系教授
朱青生　北京大学历史学系教授
王　博　北京大学哲学系教授
李天纲　复旦大学哲学学院教授
徐洪兴　复旦大学哲学学院教授
徐志啸　复旦大学中文系教授

林安梧　台湾慈济大学教授
周建忠　南通大学文学院教授
张　觉　上海财经大学人文学院教授
张新科　陕西师范大学文学院教授
鲍鹏山　上海开放大学传统文化研究所教授
刘　强　同济大学中文系教授
陈乔见　华东师范大学哲学系副教授
蔡志栋　上海师范大学副教授
朱　璐　上海财经大学副教授

统筹
孙劲松　向　珂

主编
李耐儒

编委（以姓氏笔画为序）
毛文琦　介江岭　可延涛　白　坤　刘乃溪
刘　舫　孙义文　李宏哲　李　凯　张二远
张　华　张　旭　张志强　张　琰　余雅汝
陆有富　房春草　须　强　赵立学　姜李勤
施仲贞　姚之均　徐　骆　晏子然　黄晓芳

本册编注
陆有富

总　序

秋霞圃书院创办有年,在民间推动国学普及工作,志在以独立之精神、自由之思想为宗旨,促进古今中外文化思想与学术的交流,为中华民族文化的复兴而尽心尽力。其志可嘉,其行可感!

近年,秋霞圃书院耐儒兄主持编撰"新编国学基本教材"。本套国学教材集复旦大学、武汉大学、南开大学、中山大学、华东师范大学、上海师范大学等名牌院校的二十多名青年学人,采各种版本的国学读本之长,广泛吸取中小学一线语文教师的教学经验,精心编撰,是中小学生比较理想的国学读本,也是便于教师们使用的、较为系统的国学教材。

读本的篇目有:《弟子规》《三字经》《千字文》《千家诗选读》《幼学琼林》《诗词格律》《唐诗选读》《宋词选读》《论语(上)》《论语(下)》《史记选读(上)》《史记选读(下)》《大学 中庸》《诗经选读》《孟子(上)》《孟子(下)》《左传选读(上)》《左传选读(下)》《颜氏家训选读》《老子 庄子选读》《墨子 荀子 韩非子选读》《汉魏六朝诗文选》《唐宋文选》《礼记选读》《楚辞选读》《声律启蒙》《笠翁对韵》。每册有指导性概述,有经典原文,有对原文的注释与译文(赏析),并配上文史链接(延伸阅读)、思考讨论等,图文并茂,准确生动,具有可读性与系统性。

梁启超先生说过，《论语》《孟子》等经典"是两千年国人思想的总源泉，支配着中国人的内外生活，其中有益身心的圣哲格言，一部分久已在我们全社会形成共同意识，我们既做这社会的一分子，总要彻底了解它，才不致和共同意识生隔阂"。这就是说，"四书"等经典表达了以"仁爱"为中心的"仁、义、礼、智、信"等中华民族的核心价值观念，这是中国古代老百姓的日用常行之道，人们就是按此信念而生活的。

中国文化的大传统与小传统是打通了的。国学具有平民化与草根性的特点。中国民间流传着的谚语是："勿以善小而不为，勿以恶小而为之"；"老吾老以及人之老，幼吾幼以及人之幼"；"积善之家，必有余庆；积不善之家，必有余殃"。这些来自中国经典的精神，透过《弟子规》《三字经》《百家姓》《千字文》《千家诗》等蒙学读物及家训、族规、乡约、谱牒、善书，通过大众口耳相传的韵语故事、俚曲戏文、常言俗话，成为"百姓日用而不知"的言行规范。

南宋以后在我国与东亚的民间社会流传甚广、深入人心的朱熹《家训》说："事师长贵乎礼也，交朋友贵乎信也。见老者，敬之；见幼者，爱之。有德者，年虽下于我，我必尊之；不肖者，年虽高于我，我必远之。""人有小过，含容而忍之；人有大过，以理而谕之。勿以善小而不为，勿以恶小而为之。"又说："勿损人而利己，勿妒贤而嫉能。勿称忿而报横逆，勿非礼而害物命。见不义之财勿取，遇合理之事则从……子孙不可不教，童仆不可不恤。斯文不可不敬，患难不可不扶。"朱子说此乃日用常行之道，人不可一日无也。应当说，这些内容来源于诗书礼乐之教、孔孟之道，又十分贴近大众。它内蕴着个人与社会的道德，长期以来成为老百姓的生活哲学。

王应麟的《三字经》开宗明义:"人之初,性本善。性相近,习相远。苟不教,性乃迁。教之道,贵以专。"这就把孔子、孟子、荀子关于人性的看法以简化的方式表达了出来。儒家强调性善,又强调人性的养育与训练。

清代李毓秀的《弟子规》总序说:"弟子规,圣人训。首孝悌,次谨信。泛爱众,而亲仁,有余力,则学文。"以下分成"入则孝""出则悌""谨而信""泛爱众而亲仁"等几部分。这些纲目都来自《论语》。《弟子规》中对孩童举止方面的一些要求,如站立时昂首挺胸、双腿站直,见到长辈主动行礼问好,开门关门轻手轻脚,不用力甩门等,这些规范都是文明人起码应有的,是尊重他人而又自尊的体现。又如:"晨必盥,兼漱口,便溺回,辄净手。冠必正,纽必结,袜与履,俱紧切。""斗闹场,绝勿近,邪僻事,绝勿问。将入门,问孰存,将上堂,声必扬。""用人物,须明求,倘不问,即为偷。借人物,及时还,后有急,借不难。"这都是有助于文明社会的建构的,是文明人的生活习惯,也是今天社会公德的基础。

朱柏庐在《朱子治家格言》起首的一段说:"黎明即起,洒扫庭除,要内外整洁;既昏便息,关锁门户,必亲自检点。一粥一饭,当思来处不易;半丝半缕,恒念物力维艰。"这些都是平实不过的道理,体现到一个人身上就是他的家教。旧时骂人,说某某没有家教,那是很重的话,让其全家蒙羞。我们不是要让青少年一定要做多少家务,而是要他们从小学就动手打理好自己与家庭的事情,不要过分依赖父母、依赖他人,能够自己挺立起来,培养责任意识。同时,让他们知道一粥一饭、半丝半缕都是辛劳所得,我们要懂得去尊重家长与别人的劳动。如果我们真的有敬畏之心,就知道珍惜,不应该浪费。

南开中学的前身天津私立中学堂成立于 1904 年 10 月,老校长严范孙亲笔写下"容止格言":"面必净,发必理,衣必整,纽必结。头容正,肩容平,胸容宽,背容直。气象:勿傲,勿暴,勿怠。颜色:宜和,宜静,宜庄。"这四十字箴言来自蒙学,又是该校对学生容貌、行止的基本要求。校内设整容镜,师生进校时都要照镜正容色。后来张伯苓先生治校,坚持了这些做法。

蔡元培先生在留德期间撰写了《中学修身教科书》,该书被商务印书馆于 1912 年至 1921 年间共印行了十六版,他还为赴法华工写了《华工学校讲义》,两书影响甚大,今人将其合为《国民修养二种》一书。蔡先生在民国初年为中学生与赴法劳工写教科书,重视社会基层的公民教育。蔡先生的用心颇值得我们重视,他从孝敬父母谈起,创造性地转化本土的文化资源,特别是以儒家道德资源来为近代转型的中国社会的公德建设与公民教育服务。

现今南京夫子庙小学的校训是"亲仁、尚礼、志学、善艺"。我认为这是非常好的。对孩童、少年的教育,首先是培养健康的心性才情,从日常生活习惯,从待人接物开始,学会自重与尊重别人。

我们今天强调成人教育,因为仅有成才教育是不够的,成才教育忽略了我们作为完整的人、健康的人所必需的一些素养,它在人格养成方面几乎是空白的。这不是大学教育才有的问题,而是幼儿园、中小学教育就该关注的。培养青少年的性情,需要家庭、学校、社会的配合。

国学当中有很多修身成德、培养君子人格的内容。中国古典的教育,其实就是博雅教育。传统的教育并不是道德说教,也不是填鸭式满堂灌的教育,而是春风化雨似的,让学生在点滴中有所收获并自己体验,如诗教、礼教、乐教等。

我觉得应该让孩子们处在良好的文化氛围中。家长、老师们要以身作则、言传身教,这对孩子们影响很大。家长、老师们有义务端正自己的言行,尤其在孩子们面前。要培养孩子分辨是非的能力,多在性情教育上下功夫,关注孩子的心理健康,多与孩子交流,洞察他们的情感,并做正确的引导。现在一些家长做不到以身作则,他们撒谎骗人,打骂斗狠,不尊重老人,这些都会给孩子的成长烙下负面的印记。

我们也希望同学们能趁着年轻记性好,多读些经典,最好能背诵一些,其中的意思以后可以慢慢领悟。南宋思想家陈亮说过:"童子以记诵为能,少壮以学识为本,老成以德业为重……故君子之道不以其所已能者为足,而尝以其未能者为歉,一日课一日之功,月异而岁不同,孜孜矻矻,死而后已。"

本丛书所收经典与蒙学读物中有很多圣哲格言,都足以让我们受用终身。我们一直希望能有多一些的国学经典进入中小学课堂,至少让"四书"进入教材。我们希望能多一些国文课,让中小学生能接受到系统的传统语言与文化教育。中华民族有很多优根性,更需大大弘扬。

是为序。

郭齐勇
癸巳春于珞珈山

弟子训

一、怀真善之本,爱父母、爱师友、爱国家、爱民族、爱人类、爱地球上的万物。珍惜生命、健康、亲情和时间。

二、每日诵读经典十分钟,每周必有一日研习国学,以此成为生活的习惯。

三、学以致用,知行合一,以磨炼来坚定自己的意志,以反省来修养自己的性情。意志与性情将会决定自己将来的学业与事业之一切。

四、追求广博的智识,对中外文化有了解,对社会事业有贡献。

五、经常锻炼身体,培养劳作的兴趣和艺术的修养。

六、学会谦让,经常说"您好""对不起""谢谢",是我们最基本的教养。

七、生活衣食器用当俭朴,不攀比、不崇侈;给需要帮助的人提供力所能及的帮助。

八、学会自己的事情自己做;允诺的事情,要尽力做到。

九、逐渐养成独立的人格,思想不盲从;如果内心有信仰,要坚卓而恒久。

十、任何时候都充满自信,在力行中实现自己追求的美好理想。

目 录

总　序	001
弟子训	001
概　述	001
第一章　五言绝句	**005**
送郭司仓(王昌龄)	006
登鹳雀楼(王之涣)	009
竹里馆(王维)	012
长干行(崔颢)	015
独坐敬亭山(李白)	018
左掖梨花(丘为)	021
逢侠者(钱起)	024
三闾庙(戴叔伦)	027
秋夜寄丘二十二员外(韦应物)	030

秋风引（刘禹锡） ············· 033

第二章　七言绝句　036

送元二使安西（王维） ············· 036

滁州西涧（韦应物） ············· 040

早春呈水部张十八员外（韩愈） ············· 043

乌衣巷（刘禹锡） ············· 046

泊秦淮（杜牧） ············· 049

清明（杜牧） ············· 052

江南春（杜牧） ············· 055

秋夕（杜牧） ············· 058

霜月（李商隐） ············· 061

元日（王安石） ············· 064

饮湖上初晴后雨（苏轼） ············· 067

海棠（苏轼） ············· 070

惜春（朱淑真） ············· 073

题临安邸（林升） ············· 076

春日（朱熹） ············· 079

观书有感（朱熹） ············· 082

庆全庵桃花（谢枋得） ············· 085

第三章　五言律诗　088

- 野望(王绩) …… 090
- 和晋陵陆丞早春游望(杜审言) …… 093
- 送杜少府之任蜀州(王勃) …… 096
- 幽州夜饮(张说) …… 100
- 临洞庭(孟浩然) …… 104
- 次北固山下(王湾) …… 108
- 终南山(王维) …… 112
- 过香积寺(王维) …… 116
- 送友人(李白) …… 119
- 秋登宣城谢朓北楼(李白) …… 123
- 登兖州城楼(杜甫) …… 126
- 春宿左省(杜甫) …… 130
- 旅夜书怀(杜甫) …… 133
- 登岳阳楼(杜甫) …… 136
- 破山寺后禅院(常建) …… 140

第四章　七言律诗　143

- 积雨辋川庄作(王维) …… 143
- 黄鹤楼(崔颢) …… 147
- 寄李儋元锡(韦应物) …… 151
- 曲江·其一(杜甫) …… 155

曲江·其二(杜甫)	158
秋兴·其一(杜甫)	162
秋兴·其三(杜甫)	166
秋兴·其五(杜甫)	170
秋兴·其七(杜甫)	174
夏夜宿表兄话旧(窦叔向)	179
左迁至蓝关示侄孙湘(韩愈)	183
长安秋夕(赵嘏)	187
时世行(杜荀鹤)	191
山园小梅(林逋)	195
寓意(晏殊)	199

跋：古典的回归与文化自觉   203

概　述

一

　　古代中华号称"诗国"。当我们巡视漫漫千年的中国诗史时，我们不能不为我们身在这云兴霞蔚的诗国而欢呼、感动，我们也因此变得富有诗意、充满激情。中国古典诗歌源远流长，而以兴发感动为主要特质，其中所蕴涵和传达出的感发动人的力量生生不已，历千古而弥新。在传统文化式微的当代，我们有责任将这样的经典传承下去，让更多的人去感受古典诗歌通过声音、字句、形象传达出的那种活泼的感发人心的力量。这里我要着重说一下诗歌声音的美感，这恰恰是我们一直以来在评赏诗歌时所忽略的一个重要内容。

　　中国古典诗歌向来就有吟诵的传统。清人曾国藩说，"凡作诗最宜讲究声调"，要学习则必须"先之以高声朗诵，以昌其气；继之以密咏恬吟，以玩其味。二者并进，使古人之声调，拂拂然若与我之喉舌相习，则下笔为诗时，必有句调奔赴腕下"，这样才会"自觉琅琅可诵，引出一种兴会来"。因此，我们在阅读评赏时首先应该借助吟诵来体会诗歌中微妙的感发作用，然后再通过字句形象来分析作者情意之表达。叶嘉莹在《谈古典诗歌兴发感动之特质与吟诵之传统》一文中，曾强调古典诗歌吟诵在创作评赏时的重要作用。她希望"从童幼年开始就以吟唱的方式诱导孩子们养成吟诵的爱好和习惯"，也希望中小学的教师们"以口耳相传的吟唱方式，使吟诵的传统能在下一代学童中扎下根来"，真正发挥其应有的作用，而不忍见这种宝贵的文化传统日渐消亡。我也希望本书的编选能够起到这样一种作用，不仅使学生认识到短小的旧体诗歌中所蕴涵的深厚的感发生命，还希望他们时时吟咏记诵，伴随着声音和情意，使已凝固的文字在当今仍焕发感动人心的艺术魅力。

二

从形式上来看，中国诗歌在新文化运动之前是用文言来书写的，我们称为古诗；新文化运动后，胡适等人提倡用白话写作自由体新诗，也就是我们现在所见到的白话诗，又称新体诗。

就古诗而言，又可分为古体诗和近体诗。古体诗是按照《诗经》《楚辞》、乐府诗等诗歌形式来写作的，不受格律束缚，不讲求对仗，形式较为自由。从诗句的字数上来说，一般有四言诗（四个字一句）、五言诗（五个字一句）、七言诗（七个字一句）和杂言诗（杂用四言、五言、七言）。四言古诗出现最早，其代表便是中国古代第一部诗歌总集《诗经》。五言古诗成熟于汉代，最具代表性的作品是《古诗十九首》，它被誉为"五言之冠冕"。七言古诗成熟于唐代，其间诗人云集，名家辈出，代表人物主要有王勃、李白、杜甫、白居易，等等。

近体诗是相对于古体诗而言的,包括律诗和绝句。近体诗对平仄押韵、格律粘对、字数句数都有严格的要求。律诗包括五言律诗、七言律诗和排律,其中五言、七言律诗为八句,排律在句数上没有限定(至少十句),均为一韵到底。绝句包括五言绝句和七言绝句,均为四句,一韵到底。本书所选各类体裁的诗歌,在每一章导言中均有简要介绍,兹不赘述。

三

旧题宋谢枋得选、明王相重订的《千家诗》,作为一部童蒙读物,选录的都是唐、宋时期的近体诗,广泛流传于民间。其中标明谢氏所选的两卷,上卷收七言绝句94首(今本或少录3首,为91首),下卷收七言律诗48首(后有两首明诗,恐为明人王相所补)。可能明代的王相见到书中所选只有七言而无五言,遂另选《五言千家诗》两卷补之,最后合刊为一。说起《千家诗》之源流,最早以此命名的是《后村千家诗》,全称为《分门纂类唐宋时贤千家诗选》,为南宋时著名诗人兼诗论家刘克庄(号后村居士)所编,共选录诗歌1281首,数量庞大,不适宜童蒙,故后起之谢枋得所选《千家诗》一出,就很快取而代之了。《千家诗》在明清时期流传极广,成为蒙学的必备教材之一。在流传过程中,《千家诗》出现了不同的版本。据不完全统计,宋元以来,包括注释本在内的《千家诗》版本多达240余种,足见其传诵不衰之态势。究其原因,在于其中所选诸诗绝大部分声韵和谐、朗朗上口,适于记诵,并蕴涵着深厚的韵味和感发动人的力量。

整体上来看,《千家诗》所编选七言胜于五言,而七言中绝句胜于律诗。本书从《千家诗》中选录各类体裁作品57首,所选诗歌注重诗人内心之感发与吟诵声调之感发相结合。其中五言绝句10首,七言绝句17首,五言律诗15首,七言律诗15首,每类按照时代先后编排,并加以注释、赏析,每首诗后还附有文史链接及相关问题,使学生加深对每首诗歌的认识,同时也希望他们通过吟诵、评赏,体会古典诗歌所蕴涵的强大的感发力量。

选录过程中,我们订正了旧有版本中沿袭的错误,一些诗题、字词则根据诗人别集进行校改,其中有争议者两存之,并在注释中予以说明。

第一章　五言绝句

　　绝句是古典诗歌最为短小的样式。绝句，或称截句、断句。金圣叹以为"截取律之半"以便入乐传唱，总之，各家解释并不一致。绝句由四句组成，有严格的格律要求。常见的绝句有五言绝句、七言绝句，六言绝句较为少见。其中五言绝句是五言四句而又合乎律诗规范的小诗，简称"五绝"。五绝草创于汉魏，流行于六朝，而拓宇于初唐。七言绝句则晚于五言，至初唐才正式定型，受到近体律诗的影响更多，讲求声律对仗，时人称为"小律诗"。由于受到字数的限制，较之其他体制的诗歌，绝句对语言和表现手法要求更加简练、概括，真可谓"短而味长，入妙尤难"。宋人严羽说："律诗难于古诗，绝句难于八句(律诗)。"(《沧浪诗话》)宋人杨万里也说："五七字绝，字最少而最难工。"(《诚斋诗话》)绝句创作难度之大可想而知。

　　总体上来看，绝句在形式上有以下特点：(1)句数固定。只有4句，五绝总共20字，七绝共28字。(2)押韵严格，不能出韵。

　　本书第一章所选均为唐人五绝，第二章所选为唐宋时期的七绝，题材有送别诗、登览诗、咏史诗、咏物诗等，不一而足，皆为脍炙人口的名篇，真正能体现出绝句因小见大、以少总多的特点。

送郭司仓[1]

王昌龄[2]

映门淮水绿[3],留骑主人心[4]。
明月随良掾[5],春潮夜夜深。

注释

[1]司仓:古代文官官职名,即管理仓库的小官,至宋代废除。[2]王昌龄(约公元690—约756年):字少伯,京兆万年(今陕西西安)人,盛唐著名边塞诗人。早年家境贫寒,开元十五年(公元727年)进士及第,授秘书省校书郎,后选博学宏词科,超轶群伦,改任汜水县尉,再迁为江宁丞,晚年贬龙标尉。安史之乱起,还归乡里,道出亳州,为刺史闾丘晓所忌而杀。世称"王龙标"或"王江宁"。　[3]淮水:即淮河,源出河南省桐柏山,东流经河南、安徽等省到江苏省入洪泽湖,最后注入长江。　[4]留骑(jì):挽留客人,不忍让其离去。骑,坐骑。　[5]良掾(yuàn):好官,这里指郭司仓。掾,古代府、州、县属吏的通称。

赏析

这是一首送别诗,写诗人在春日送别友人,借春日之景物,表达自己对朋友的依依惜别之情与别后无限思念之意。开篇以映门淮水之碧绿衬托出主人留客之心的殷殷切切。南朝梁时的江淹在《别赋》中就曾写道："春草碧色,春水渌波,送君南浦,伤如之何!"不难看出,首句便在写景中暗寓节令与送别,而这映门的一江春水碧波怎能不引发诗人的依依惜别之情?等到朋友离别之后,诗人又以明月、春潮来表达思念之愁苦。诗人只将满腔的思念托付给普照寰宇的明月,希望它带给远行的朋友。结句奇语迭出,与首句遥相呼应,借那夜夜高涨的淮河春潮表达朋友别后的心境,进而使自己内在的心绪形象化,使得诗人的思念之情一下子变得生动起来。至此,我们看到诗人王昌龄寄给郭司仓的不仅仅是一首短诗,而是一片真挚的友情,一颗赤诚的心。

文史链接

七绝圣手

王昌龄在当时就名重一时,有"诗家夫子王江宁"之誉。他擅长七言绝句,所作诗歌气势雄浑,格调高昂,语言圆润蕴藉,音调婉转和谐,被后世推尊为"七绝圣手"。王诗中描写边塞生活的七绝多被推为名作,如他的《出塞》诗云:"秦时明月汉时关,万里长征人未还。但使龙城飞将在,不教胡马度阴山。"慨叹边关守将无能,意境开阔,感慨颇深,有纵横古今的气魄,确实为古代诗歌中的佳制,被誉为唐人七绝的压卷之作。

思考讨论

《送郭司仓》这首作品将诗人对朋友的心意写得具体又深厚,

选材亦有特点,而且素材的针对性也强。王昌龄还有一首著名的送别诗《芙蓉楼送辛渐》,诗云:"寒雨连江夜入吴,平明送客楚山孤。洛阳亲友如相问,一片冰心在玉壶。"请体会两首诗作中的抒情特点。

登鹳雀楼[1]

王之涣[2]

白日依山尽，黄河入海流。
欲穷千里目[3]，更上一层楼[4]。

注释

[1]鹳雀楼：又名鹳鹊楼，因常有鹳鹊栖息其上，故名。旧址在今山西永济县蒲州镇，为唐代河中府名胜。宋人沈括在其《梦溪笔谈》中记载说："河中府鹳雀楼有三层，面对中条山，下临黄河，唐人在此留诗者甚多。"王之涣的这首五绝是"唐人留诗"中的不朽之作。　[2]王之涣(公元688—742年)：字季凌，晋阳(今山西太原)人，后迁居绛州(今山西新绛县)，盛唐著名诗人。曾任冀州衡水主簿，后被人诬谤，弃官归乡，晚年又担任文安县尉，在任期间去世。为人豪放不羁，常击剑悲歌，其诗以描写边塞风光著称，多被当时乐工制曲歌唱，名动一时。常与王昌龄、高适等诗人互相唱和。《全唐诗》存其诗仅六首。　[3]穷：尽。千里目：视线所及的更远更广阔的地方。如鲍照《还都道中诗三首》之二："夕听江上波，远极千里目。"　[4]更：再。

赏析

诗人借登高望远表现出高瞻远瞩的胸襟抱负和积极向上的

进取精神。首二句劈空而来,写登楼所见,气势雄浑,景象壮阔。遥望之中,斜阳在连绵起伏的群山之中冉冉西沉;俯瞰之下,滔滔滚滚的黄河奔腾而来,又东注入海。短短的十个字,将如此壮阔的景象收纳于尺幅之中。诗人目送落日西沉,目送黄河入海,将时空中之上下、远近、东西缩于咫尺,更加显现出画面的广度和深度。我们于千载之后读到此诗,亦觉如临其境,如闻其声。

面对如此壮阔之境,诗人尚不感到满足,因此他写道"欲穷千里目",表现出了诗人的一种继续上下求索的志意。结句"更上一层楼",写出了实现其愿望的方法,向读者展现了更为阔大辽远的视野。"欲穷""更上"暗含着诗人的期望和渴求。末二句看似平铺直叙,但含意深远,耐人寻味,成为千古传诵的名句。诗人将景物、情事、道理融合无间,读者读后并不觉得他在说理,而理自在其中。全诗四句两两对仗,极为工整,一气贯下,不着痕迹,可见诗人诗艺的娴熟。

文史链接

旗亭画壁

唐人薛用弱在其《集异记》中记载了一则王之涣、王昌龄、高适三位诗人"旗亭画壁"的故事,后世广为流传。

唐玄宗开元年间,诗人王昌龄、高适、王之涣齐名。他们命运都十分坎坷,仕途艰难,生活的经历又颇多相似之处。有一天,三位诗人一起到酒楼去赊酒小饮。忽然有梨园掌管乐曲的官员率十余子弟登楼宴饮。三位诗人回避,躲在黑暗的角落里,来看她们表演节目。一会儿,又有四位漂亮而妩媚的梨园女子登上楼来。随即乐曲奏起,演奏的都是当时有名的曲子。王昌龄等私下相约定:"我们三个在诗坛上都算是有名的人物了,可是一直未能分个高低。今天算是有个机会,可以悄悄地听这些歌女们唱歌,谁的诗入歌词多,谁就最优秀。"

一位歌女首先唱道:"寒雨连江夜入吴,平明送客楚山孤。洛阳亲友如相问,一片冰心在玉壶。"王昌龄就用手指在墙壁上画一道:"我的一首绝句。"随后一歌女唱道:"开箧泪沾臆,见君前日书。夜台何寂寞,犹是子云居。"高适伸手画壁:"我的一首绝句。"又一歌女出场:"奉帚平明金殿开,且将团扇共徘徊。玉颜不及寒鸦色,犹带昭阳日影来。"王昌龄又伸手画壁,说道:"两首绝句。"

王之涣自以为出名很久,可是歌女们竟然没有唱他的诗作,很是尴尬。于是用手指着几位歌女中最漂亮、最出色的一个说:"到这个歌女唱的时候,如果不是我的诗,我这辈子就不和你们争高下了;如果是唱我的诗,二位就拜倒于座前,尊我为师吧。"

一会儿,轮到那个梳着双髻的最漂亮的姑娘唱了,她唱道:"黄河远上白云间,一片孤城万仞山。羌笛何须怨杨柳,春风不度玉门关。"王之涣得意至极,揶揄(yé yú)王昌龄和高适说:"怎么样,我说的没错吧!"三位诗人开怀大笑。

思考讨论

几乎与王之涣同时的唐代诗人畅诸也有与王同名的《登鹳雀楼》诗,诗云:"城楼多峻极,列酌恣登攀。迥临飞鸟上,高出世尘间。天势围平野,河流入断山。今年菊花事,并是送君还。"请谈谈你对此诗中"天势围平野,河流入断山"一句的感受。

竹里馆[1]

王 维[2]

独坐幽篁里[3],弹琴复长啸[4]。
深林人不知[5],明月来相照。

注释

[1]竹里馆:王维晚年退居在他陕西蓝田终南山下的辋川别墅,竹里馆是辋川别墅的胜景之一,因周围有竹林,故名。
[2]王维(约公元701—761年):字摩诘,太原祁州(今山西祁县)

人,唐代杰出诗人、画家。开元进士,后官至尚书右丞,世称"王右丞"。有"诗佛"之誉。　[3]幽篁(huáng):幽深的竹林。篁,竹林。　[4]复:又。长啸:撮口发出悠长清越的声音。古人常以此述志或疏泄情感。如曹植《美女篇》:"顾盼遗光彩,长啸气若兰。"　[5]深林:指幽篁。

赏析

此诗运用白描的手法,写出了诗人在山林幽居的闲适情趣,表现出诗人远离尘嚣世俗的幽寂情怀。首二句写诗人在月下独坐于竹林深处,一边弹琴,一边吟啸,怡然自乐,构成一幅清晰安然的画面,也表现出诗人清高绝俗、清幽闲雅的气质。后二句说"深林人不知,明月来相照",在这林深人稀的幽静环境里,只有皎洁的月光似解人意,与我相伴,诗人因此不感到孤独了,显现出诗人独特的想象力。

综观全诗,遣词用句,造语写景,皆是平淡无奇,但将这些意象整合起来后,境界自出,别有意趣。以平淡自然的笔调,勾勒出一幅诗人在月夜幽篁下独坐抚琴的幽寂图景。诗人以弹琴长啸反衬月夜竹林之幽静,以明月相照反衬竹林之昏暗,看似妙手偶成,实则匠心独运。细味全诗,其中动静相衬、情景相融、虚实相生、声音色彩相并,真可谓"诗中有画""画中有诗"。

文史链接

诗中有画,画中有诗

王维是盛唐著名的山水田园诗人,以擅长描绘山水田园风光而著称,通过描绘幽寂的景色,反映其悠然闲适的心境或遗世隐逸的思想。盛唐的山水田园诗人中,成就最高、影响最大的就是王维和孟浩然,世称"王孟"。

王维在描写自然景物方面,确实有其独到的造诣。无论是名山大川的壮丽雄伟,还是边疆关塞的寥廓荒寒,或是小桥流水的恬静幽寂,都能准确、传神地塑造出完美无比的鲜活形象。着墨无多,却意境高远,诗情与画意完全融合成为一个整体。宋代苏轼在其《东坡题跋》下卷《书摩诘蓝田烟雨图》中指出:"味摩诘之诗,诗中有画;观摩诘之画,画中有诗。"王维诗画兼擅,他不仅能诗善画,而且能把艺术中的诗与画,通过他的作品给以融化。这种有机的结合,是中国画的传统,也是中国画的特点。王维的诗句如"木末芙蓉花,山中发红萼""荆溪白石出,天寒红叶稀""落花寂寂啼山鸟,杨柳青青渡水人""行到水穷处,坐看云起时""白云回望合,青霭入看无"之类,皆所画也。王维的画作,笔墨清新,格调高雅,传达出一种诗意的境界。

思考讨论

阅读王维的《鸟鸣涧》,体会王维诗歌中动静相衬的艺术手法。

长干行[1]

崔　颢[2]

君家何处住[3]？妾住在横塘[4]。
停船暂借问[5]，或恐是同乡[6]。

注释

[1]长干行：又作长干曲，乐府《杂曲歌辞》调名，原为长江下游一带民歌。长干，即长干里，在今江苏省南京市秦淮河的南面。[2]崔颢(？—公元754年)：汴州(今河南开封)人。盛唐诗人，开元年间及进士第，官至太仆寺丞；天宝中，官司勋员外郎。才思敏捷，长于写诗，早期诗歌多写闺情，流于浮艳，后历边塞，所作激昂豪放、气势宏伟，很受后世推崇。　[3]君：古代对男子的敬称，您。　[4]妾：古代女子自称的谦词。首句用"君"，次句用"妾"，表现出女子对男子的尊敬和诚意。横塘：地名，在秦淮河南岸，靠近长干里。　[5]暂：暂且，姑且。借问：请问。[6]或恐：也许。

赏析

全诗清新自然，宛似一幕独幕剧。诗人抓住生活片段富有戏剧性的一刹那，运用白描的手法、对话的形式，写出了江上女子意欲主动结识一个陌生男子的大胆、直率与狡黠。寥寥数笔，就使人物、场景跃然纸上,栩栩如生。

诗歌一开始以问句切入,写一个女子听到邻船男子声音后的款款问话,问完之后又自报家门,没有任何修饰,可谓平淡至极。而诗人就在他设置的这平淡无奇的对话之中,真实地表现出这位女子的渴求以及她的天真直率。这位女子在介绍完自己之后,又觉得太过唐突,怕引起对方的误解,所以又补充道:"停船暂借问,或恐是同乡",自己只不过是随便问问,也许我们是同乡吧。而恰恰就在她这样的掩饰之下,才显露出这位女子内心隐秘的情愫。俞陛云先生说:"既问君家,更言妾家,情网遂凭虚而下矣。"末句中之"或恐是同乡"也表露出这位女子的境遇与内心的孤寂。她背井离乡,孤独无依,没有一个可与共语之人,闻乡音而相问,以问话作为攀谈的借口,希望能够寻到慰藉。

此诗运用民歌体,语言真切,声貌俱现,情态自然,生动传神,饶有生活趣味。

文史链接

《长干行》其二

崔颢的《长干行》共有四首,《千家诗》仅选其第一首,第二首则紧承第一首,写女子所问之男子作答,全诗如下:"家临九江水,来去九江侧。同是长干人,生小不相识。"沈熙乾先生曾对这首诗有过精彩的评价:男子之"家临九江水"答复了"君家何处住"的问话;"来去九江侧"点明自己也是漂泊江湖之人,不然就不会有这次江上的遇合,可谓"同是天涯沦落人"。"同是长干人"落实了女子"或恐是同乡"的想法,原来二人之故乡都是南京长干里。一个"同"字把双方的共同点又加深了一层。这三句是男主角直线条的口吻。

现在只剩最后一句了！只有五个字,该如何着墨？如用"今日得相识"之类的庆幸之辞作结束,未免失之平直。诗人终于转过笔来把原意一翻：与其说今日之幸而相识,倒不如追惜往日之未曾相识。"生小不相识"五字,表面惋惜当日之未能青梅竹马、两小无猜,实质更突出了今日之相逢恨晚。越是对过去无穷惋惜,越是显出此时此地萍水相逢的珍贵。这一笔的翻腾,有何等撼人的艺术感染力！

思考讨论

《长干行》是以民歌体入诗的典型作品,读了《长干行》二首后,你觉得运用民歌体入古诗有什么样的好处？

独坐敬亭山[1]

李 白[2]

众鸟高飞尽[3],孤云独去闲[4]。
相看两不厌[5],只有敬亭山[6]。

注释

[1]敬亭山:在今安徽宣州市北,一名昭亭山。东临宛溪,南俯城(yīn),"烟市风帆,极目如画"。山顶旧有敬亭,为南齐谢朓吟咏处。《元和郡县志》记载:"在宣城县北十里。山有万松亭、虎窥泉。" [2]李白(公元701—762年):字太白,号青莲居士。自称祖籍陇西成纪(今甘肃天水附近)。幼时随父迁居绵州昌隆(今四川江油)青莲乡。盛唐伟大诗人,有"诗仙"之誉,与杜甫齐名,世称"李杜"。 [3]高飞尽:鸟飞得极高,逐渐消失在遥远的天际。 [4]独去:独自飘远。闲:形容云彩飘然悠闲的样子。陶渊明《咏贫士诗》中有"孤云独无依"的句子。 [5]两不厌:诗人看着高高的敬亭山,敬亭山也默默无语地注视着诗人,谁也不会觉得满足。厌:满足。 [6]只有:一作"惟有"。

赏析

此诗表面是写独游敬亭山之情趣,其实暗含着诗人在生命历程中的孤独与寂寞。诗歌首二句"众鸟高飞尽,孤云独去闲",看似写眼前之景,实则道出了诗人此时的无限伤感。"尽""去"二字仿佛一下子将读者从热闹喧嚣引入静谧之境,同时也以众鸟飞尽、孤云独去来衬托自己的孤高独处。"闲"虽写孤云飘然自在,来去自由,但也衬托出诗人心境的闲适。此二句勾勒出诗人"独坐"出神的形象,为后句"相看两不厌"作了铺垫。

末二句诗人将敬亭山拟人化,在这一片寂静中,唯有诗人与敬亭山彼此相看不厌,默默交流,情意相随,悠然澄明,心目开朗,体测着各自内心遗世的孤独。造物不公,它造就了一些卓绝的天才,却不能造就欣赏他们的伯乐。诗人才华横溢,却怀才不遇,难酬壮志,因感世无知音,故而只能与山水相亲。篇末之"只有"二字看似平淡,表面上写对敬亭山的喜爱,实则写出了他横遭冷遇、寂寞凄凉的处境。

全诗以奇特的想象和巧妙的构思,赋予自然景物以生命,并将敬亭山人格化、个性化,写来亲切灵动,自然传神。诗人将自己生命历程中的失落感与孤独感,诉之于这首短诗之中,以期在大自然中寻求心灵的寄托和慰藉。

文史链接

李 白

李白少年即显露才华,吟诗作赋,博学广览,并好行侠。从25岁起离开四川,长期漫游在各地。天宝元年(公元742年)被召至长安,供奉翰林。文章风采,名动一时,颇为唐玄宗所赏识,但李白在政治上不受重视,又遭权贵谗毁,仅一年余即离开长安。天宝三载(公元744年)在洛阳与杜甫结交。安史之乱爆发后,他怀着"安社稷""济苍生"的志愿,于公元756年参加了永王李璘的幕府。因受永王争夺帝位失败牵累,流放夜郎(今贵州境内),中途遇赦东还,写下《早发白帝城》一诗。晚年漂泊东南一带,投奔族叔当涂(今属安徽)县令李阳冰,不久即病逝于当涂。

李白诗风雄奇飘逸、真率自然,对当时和后世影响很大。《独坐敬亭山》一诗大约作于天宝十二年(公元753年)秋,此时李白离开长安,南下宣城。临行前,李白曾有诗《寄从弟宣州长史昭》,其中说道:"尔佐宣城郡,守官清且闲。常夸云月好,邀我敬亭山。"当李白漫游宣城时,在敬亭山上独坐冥想,写下了这一首众口称绝的五言绝句。

思考讨论

李白诗歌自然真率,请列举出一两首李白此类风格的诗歌,并细加品味。

左掖梨花[1]

丘　为[2]

冷艳全欺雪[3]，余香乍入衣[4]。
春风且莫定[5]，吹向玉阶飞[6]。

注释

[1]左掖(yè)：唐代对门下省的称呼，为当时中央政权机构。唐代的门下省和中书省，分别设在宫禁(帝后所居之处)左右两侧，故称门下省为左掖，称中书省为右掖。掖，旁边。　　[2]丘为(约公元703—约798年)：唐代诗人。字不详，苏州嘉兴(今属浙江)人。天宝初年始登进士，官太子右庶子，与王维、刘长卿交好，尝相唱和。年九十六，以寿终。其诗大抵为五言，多写田园风物，善摹湖山景色。原有集，已失传。《全唐诗》存其诗13首。　　[3]冷艳：形容梨花洁白如雪，香冷艳丽。欺：胜过。　　[4]乍：忽然，一下子。入衣：指香气侵透衣服。　　[5]且莫定：姑且不要停息。　　[6]玉阶：玉石所砌成的精美的台阶，这里暗指皇宫。

赏析

这是一首咏物诗，言浅而味永。题作"左掖梨花"，标明所咏之物。诗人借梨花之冷艳洁白比喻自己操守高洁，也表达出诗人在政治上希望受到重用的心情。司马迁在《史记·屈原贾生列传》中说,屈原"其志洁,故其称物芳",所以屈子笔下之香草美人皆是其人格的象征。

首二句写梨花之冷艳洁白胜过雪花,它散发出余香一下就侵透衣服。虽是写花,亦是写人,暗喻诗人品格之高洁、才能之出色。末二句表面上写梨花在春风中飘落回舞,诗人希望春风且莫停息,将这冷艳的花朵飘落在皇宫大殿的玉石台阶上,实则暗指诗人希望实现自己在政治上一帆风顺的美好愿望。

此诗借花喻人,曲折含蕴地诉说着诗人的愿望。可见诗人在此诗中并非对物象进行纯客观的描写,而是以心托物,借客观物象来抒发自己的主观情绪和感受,写来含蓄蕴藉,耐人玩味。

文史链接

《左掖梨花》同题之作

唐人以"左掖梨花"为名题咏的除丘为之外,还有王维、武元衡、皇甫冉三人。王维诗云:"闲洒阶边草,轻随箔外风。黄莺弄不足,衔入未央宫。"武元衡诗云:"巧笑解迎人,晴雪香堪惜。随风蝶影翻,误点朝衣赤。"皇甫冉诗云:"巧解逢人笑,还能乱蝶飞。春时风入户,几片落朝衣。"其中皇甫冉诗一题作《和王给事(一本有维字)禁省梨花咏》。四人诗中以丘为、王维所咏最为传神。

思考讨论

比较阅读丘为与王维的《左掖梨花》,你认为哪一首更能写出梨花的特点?为什么?

逢侠者[1]

钱　起[2]

燕赵悲歌士[3]，相逢剧孟家[4]。
寸心言不尽[5]，前路日将斜。

注释

[1]侠者：古时豪侠仗义之士。　　[2]钱起(约公元710—约782年)：字仲文，吴兴(今浙江湖州)人。唐代诗人。唐玄宗天宝十年(公元751年)登进士第，历任校书郎、考功郎中、翰林学士。钱起是"大历十才子"之一，与刘长卿齐名，称"钱刘"；又与郎士元齐名，称"钱郎"。其诗以五言为主，多送别酬赠之作，风格清奇，

理致清赡。　　[3]燕赵:战国时的两个诸侯国,现在河北省一带。悲歌士:激昂慷慨的侠士。韩愈在《送董邵南序》中有"燕赵古称多感慨悲歌之士"的说法。　　[4]剧孟:西汉著名的侠士,洛阳人,素有豪侠的名声。杜甫《入衡州》有诗句云"剧孟七国畏",就是说剧孟武艺的高强。这里"剧孟"是用来指代洛阳的。[5]寸心:旧时认为心的大小在方寸之间,故名。

赏析

　　这是一首赠别诗。写诗人路遇侠客而未能尽兴交谈,最后依依惜别的情景,字里行间流露出诗人对侠士的倾慕之情。

　　首句以"燕赵悲歌士"喻指诗人路遇侠者,但并未点明侠者之姓名及容貌,这正符合古代侠士的风度,因为他们漫游是不留姓名和行迹的。"相逢剧孟家",说明诗人与这位侠士相逢于洛阳道中,这极为符合侠者的身份。末二句"寸心言不尽,前路日将斜",写诗人与侠者一见倾心,交谈极为投契,乃至还有许多肺腑之言还未来得及谈论,天色已晚,就该到分别的时候了。可见,这位侠者的寸心之间不知有多少的不平要向诗人诉说,而诗人也有多少悲慨向侠者倾诉。结句以景收束,点明侠者在夕阳西下、暮色苍茫之中作别。读至此处,我们仿佛看到了侠者阔步前行于苍茫暮色中的孤独身影,真是一派侠气。

　　此诗从相逢、交谈到分别,一意直下,声韵激扬,令人振奋。

文史链接

剧　孟

剧孟是西汉时洛阳一带有名的豪侠。他爱打抱不平,扶弱济贫,不求报酬,因此而名扬于诸侯。

汉景帝三年(公元前 154 年),吴王刘濞联合楚、赵、胶东、胶西、济南、菑(zī)川六国,以清除晁错为名,发动了叛乱。景帝派太尉周亚夫带兵出征。周亚夫到洛阳见到剧孟,高兴地说:"七国叛乱不求助于剧孟,他们是无所作为的。"天下大乱,周亚夫得到剧孟等于得到了一个国家,足见剧孟的势力影响之大,对当时形势的发展有举足轻重的分量。

剧孟的母亲去世时,前来送葬的车达千乘之多。剧孟死时,家中却连十两的钱财也没有。司马迁《史记》中有《游侠列传·剧孟传》,对剧孟的事迹有详细的记载。

思考讨论

除了剧孟之外,你还能举出几位古代的侠士吗?请查阅资料说说他们的事迹。

三闾庙[1]

戴叔伦[2]

沅湘流不尽[3],屈子怨何深[4]。
日暮秋风起,萧萧枫树林[5]。

注释

[1]此诗题一作《题三闾大夫庙》。三闾庙:即屈原庙,是奉祀春秋时楚国三闾大夫屈原的庙宇,故址在今湖南汨罗县境内。屈原,名平,字原,战国末期楚国丹阳(今湖北秭归)人,曾官左徒、三闾大夫等,三闾即楚国宗室昭、屈、景三大姓的聚居之地,屈原任三闾大夫,据说就是掌管王族三姓的事务。后来屈原因受到谗毁而被流放到沅湘一带,自沉于汨罗江。代表作有《离骚》《天问》等。　[2]戴叔伦(公元732—789年):字幼公,一字次公,润州

金坛(今属江苏)人,唐代中期著名诗人。曾任新城令、东阳令、抚州刺史、容管经略使,晚年上表自请为道士。其诗多反映农村生活,还有一些表现隐逸生活和闲适情调。论诗主张"诗家之景,如蓝田日暖,良玉生烟,可望而不可置于眉睫之前"。　　[3]沅湘:指湖南的沅江和湘江。屈原《离骚》有"济沅湘以南征兮,就重华而陈词"的诗句。　　[4]屈子:即屈原。怨:哀怨,悲怨。[5]萧萧:草木摇落之声。

赏析

　　此诗为凭吊屈原而作。全诗深沉郁勃,抒发对屈原其人其事的感怀,言外自有一种慷慨悲凉之气。首二句"沅湘流不尽,屈子怨何深",发端不凡,运用倒装的形式,将屈原忧思感愤之深广形象地描绘出来,这些哀怨悲慨直如滔滔滚滚的沅湘江水流之不尽。前一句之"不尽",写怨之绵长;后一句之"何深",表怨之深重。后两句"日暮秋风起,萧萧枫树林"则以景收束全篇,将屈原的哀怨与作者的悲感一并推入这落日苍茫的秋色之中,可谓别有余味。这两句化用屈原的《九江》《招魂》中的诗句:"袅袅兮秋风,洞庭波兮木叶下","湛湛江水兮上有枫,目极千里兮伤春心。魂兮归来哀江南"。面对此一番悲凉萧瑟的景象,读者可以想见诗人之悲慨有"何深"了,真是令人掩卷再三而忧愤难平。

　　司马迁在《史记》中论屈原时说:"屈平正道直行,竭忠尽智,以事其君,谗人间之,可谓穷矣。信而见疑,忠而被谤,能无怨乎?"诗人在此诗中围绕一个"怨"字,借沅湘、落日、秋风、枫林等形象向读者托出满腔的悲怨,读来如闻浩叹,令人低回不已。

文史链接

屈原与端午节

端午节是我国的传统节日,相传它的由来与屈原有关。屈原竭忠尽智辅佐楚怀王,却屡遭谗佞排挤。怀王死后,又因顷襄王听信谗言而被流放,最终在农历五月初五日投汨罗江而死。据传,屈原投汨罗江后,当地百姓闻讯马上划船捞救,一直行至洞庭湖,始终不见屈原的尸体。那时,恰逢雨天,湖面上的小舟一起汇集在岸边的亭子旁。当人们得知是为了打捞贤臣屈大夫时,再次冒雨出动,争相划进茫茫的洞庭湖。为了寄托哀思,人们荡舟江河之上,此后逐渐发展成为龙舟竞赛。百姓们怕江河里的鱼虾糟蹋屈原的尸体,纷纷回家拿来米团投入江中,后来就演变成了吃粽子的习俗。由此看来,端午节吃粽子、赛龙舟均与纪念屈原相关。

唐代文秀《端午》诗云:"节分端午自谁言,万古传闻为屈原。堪笑楚江空渺渺,不能洗得直臣冤。"

思考讨论

请另外列举出几个中国传统的节日,并说说这些节日的由来及习俗。

秋夜寄丘二十二员外[1]

韦应物[2]

怀君属秋夜[3],
散步咏凉天[4]。
空山松子落,
幽人应未眠[5]。

注释

[1]《千家诗》作《秋夜寄丘员外》。丘员外:即丘丹,诗人丘为的弟弟,在家族中排行第二十二,苏州嘉兴(今浙江嘉兴)人。初为诸暨令,后官仓部员外郎。贞元初,归隐临平山。与韦应物等人往来频繁。　　[2]韦应物(公元737—792年):长安(今陕西西安)人。十五岁起以三卫郎为玄宗近侍,出入宫闱,扈从游幸。早年豪纵不羁,横行乡里,乡人苦之。安史之乱起,玄宗奔蜀,流落失职,始立志读书,少食寡欲,常"焚香扫地而坐"。代宗、德宗时,先后为洛阳丞、滁州刺史、江州刺史、苏州刺史,世称"韦江州"或"韦苏州"。韦应物是唐代著名的山水田园派诗人,与王维、孟浩然、柳宗元并称"王孟韦柳"。其山水诗景致优美,感受深细,语言简淡而饶有兴味。　　[3]属:正当,正值。　　[4]咏:歌咏,

吟咏。凉天：秋天。　　[5]幽人：隐士，幽居之人。这里指归隐学道的丘丹。

赏析

这是一首怀人诗，写作者在秋夜怀念隐居的友人，同时也设想友人在秋夜思念自己，抒发了真挚深切的友情。此诗前二句写诗人自己，后二句写诗人所怀念之人。首句点明怀人的季节是在秋天，时间是在夜晚。在这明月皎洁的夜晚，诗人在庭院中信步闲游，高吟着赞美秋天的清词丽句。第二句中的"散步"与首句中的"怀君"相照应，"凉天"与"秋夜"相对应，写出了诗人因为怀念友人在庭院里独自徘徊沉吟的情景。末二句，诗人的情思飞驰到友人隐居的深山之中，遥闻空山的松子在这秋夜凉天之中传来了落地的声响，打破了空山的寂静。诗人在想，此时我的朋友大概也因思念我而黯然神伤，难以入眠吧。这两句虽是诗人的想象，却是紧承一、二句而来，将诗人的感情进一步深化。

综观全诗，没有雕琢的语言，没有强烈的情感，只是虚实结合，淡淡着墨，便含蕴深远，韵味悠长，自有一种古雅闲淡的风格。

文史链接

韦应物的五绝

韦应物的五言绝句，一向为诗论家所推崇。胡应麟在《诗薮(sǒu)》中说："中唐五言绝，苏州最古，可继王、孟。"沈德潜在《说诗晬(zuì)语》中说:"五言绝句,右丞(王维)之自然、太白(李白)之高妙、苏州(韦应物)之古淡,并入化境。"《秋夜寄丘二十二员外》这首诗是韦应物的五绝代表作之一。

《千家诗》中还选了韦应物的一首五言绝句,诗题为《答李澣(huàn,同"浣")》,诗云:"林中观易罢,溪上对鸥闲。楚俗饶辞客,何人最往还。"全诗问答相扣,语淡情深,实有忘言之妙境,读之足以移人心志。

总的看来,韦应物的五言绝句给予读者的艺术享受,首先就是这一古雅闲淡的风格美。它不以强烈的语言打动读者,只是从容下笔,淡淡着墨,而语浅情深,言简意长,使人感到韵味悠远,玩绎不尽。

思考讨论

丘丹见到韦应物的《秋夜寄丘二十二员外》诗后,命笔感作《和韦使君秋夜见寄》一诗以答复韦应物,诗云:"露滴梧叶鸣,秋风桂花发。中有学仙侣,吹箫弄山月。"请仔细品味这首诗。

秋风引[1]

刘禹锡[2]

何处秋风至？萧萧送雁群[3]。
朝来入庭树[4]，孤客最先闻[5]。

注释

[1]引：乐府琴曲歌词的一种，有序、奏之意。　　[2]刘禹锡（公元772—842年）：字梦得，洛阳（今属河南）人，祖籍中山（今河北定州）。曾任太子宾客，世称刘宾客。与柳宗元并称"刘柳"，又与白居易唱和较多，世称"刘白"。其诗精练含蓄，通俗清新，善用比兴手法寄托政治内容。　　[3]萧萧：风吹草木所发出的声音。[4]入庭树：吹动了庭院里的树木。　　[5]孤客：羁旅在外的人。

赏析

此诗作于刘禹锡被贬朗州之时，秋风的到来触动了诗人敏感的心灵，进而引发了诗人的羁旅之情和思归之心。

首句就题而问，破空而来。"何处秋风至"？这本是十分平常之事，但经过诗人这问句的口吻，便透露出他对时光流逝之速的讶异和萧萧秋风所引发的无限悲慨。宋玉在《九辩》中就曾感叹："悲哉，秋之为气也！"所以每逢秋天，"摇落深知宋玉悲""自古逢秋悲寂寥"几乎就成了古代文人的一种心理常态。这肃杀凄凉的秋气,最先牵动的是羁旅行役的游子的情怀。汉武帝《秋风辞》曾写道:"秋风起兮白云飞,草木黄落兮雁南归。"诗人看到大雁在瑟瑟的秋风中结伴南归,更加引起他无限的思归之情。

  诗的后两句将视野拉近,由远而近,由高而低,从秋空中的"雁群"移向地面上的"庭树",再聚焦到独在异乡思归的孤客。"朝来"紧承一、二句,说明秋风之来历无处可寻,但现在是随处可有。这时风动庭树的萧萧之声响起,秋风分明已入院落,已近耳畔了。末句将"孤客"托出,无限情思,溢于言表。孤客之"先闻"秋声,其感慨之深、思归之切便跃然纸上。

  全诗不从正面着笔描写自己的羁旅思归之情,而是由"秋风"发兴,步步换景,最后转移到"孤客"闻秋风而止,可谓曲折见意,含蓄不尽。

文史链接

诗豪刘禹锡

  刘禹锡性格刚毅,饶有豪猛之气,他参加了反对宦官和藩镇割据势力的革新活动,失败后被贬往边远地区。在被贬十年后应召回京时,因不满长安新贵们的所作所为,写了一首《元和十年自朗州召至京戏赠看花诸君子》,讽刺当朝新贵。诗云:"紫陌红尘拂面来,无人不道看花回。玄都观里桃千树,尽是刘郎去后栽。"当权者知道后极为不满,他因此再度被贬。可时隔十四年后他再次奉召入京时,又在《再游玄都观绝句》一诗中写下了"种桃道士归何处?前度刘郎今又来"。

刘禹锡晚年回到洛阳,任太子宾客加检校礼部尚书,与朋友交游赋诗,生活闲适。他与白居易相交匪浅,酬和颇多。白居易赞扬他的诗"刘君诗在处,有神物护持",并推刘禹锡为"诗豪",意即诗人中的豪杰、出众者的意思,后人也就据此而称之。

刘诗现存800首左右,其学习民歌所作的《竹枝词》广为流传,独具特色。风格上汲取巴蜀民歌含蓄婉转、朴素优美的特色,清新自然,健康活泼,充满生活情趣。如"山桃红花满上头,蜀江春水拍山流。花红易衰似郎意,水流无限似侬愁。""杨柳青青江水平,闻郎江上唱歌声。东边日出西边雨,道是无晴却有晴。"

思考讨论

唐代诗人苏颋(tǐng)有一首《汾上惊秋》诗,诗云:"北风吹白云,万里渡河汾。心绪逢摇落,秋声不可闻。"同样是抒写羁旅思归之情,为什么苏颋说"秋声不可闻",刘禹锡却说"孤客最先闻"?

第二章　七言绝句

送元二使安西[1]

王　维

渭城朝雨浥轻尘[2],
客舍青青柳色新[3]。
劝君更尽一杯酒[4],
西出阳关无故人[5]。

注释

[1]诗题又作《渭城曲》《阳关曲》或《阳关三叠》。元二:姓元,排行第二,诗人的朋友。使:出使。安西:安西都护府的简称,唐代为统辖西域地区而设,在今新疆维吾尔自治区库车县附近。
[2]渭城:秦时咸阳古城,汉代改称渭城。在今陕西西安西北,渭水北岸。朝雨:晨雨。浥(yì):沾湿。　　[3]客舍:旅舍。柳色新:指初春嫩绿的柳叶。　　[4]君:指元二。更:再。尽:喝。
[5]阳关:汉朝所设置的边关名,故址在今甘肃省敦煌县西南,与玉门关同是出塞必经之关塞要道。《元和郡县志》云,因在玉门之南,故称阳关。故人:老朋友。

赏析

这是一首传唱不衰、感人至深的送别诗。首二句从景物写起,渲染了送别时的场景。清晨的渭城,下起了蒙蒙的细雨,沾湿了路面的浮尘。柳叶在细雨中泛着淡淡的碧翠,似乎连旅舍也染上了丝丝绿意。这样的写景状物,无疑为后面的离别作铺垫,细雨蒙蒙,杨柳依依,客舍青青,这一幅图景给人清新爽朗的感觉,打破了传统送别诗中所营造的一种悲凉的氛围,有耳目一新之感。这两句中的"轻尘""青青""新"等词语的运用给人以轻柔细美的感觉。

送君千里,终须一别,末二句是诗人在朋友启程前对他的劝慰之语。诗人将满腔的离愁别绪压在心头,而以简淡的诗笔代出,写来自然真挚。离别在即,请您再喝一杯酒吧,毕竟出了阳关就再也没有像我这样的老朋友与你相伴了。"更尽一杯"不仅延长了友人的逗留时间，从情感上表现出留恋之意，还掩盖了诗人在离别时所流露出的悲伤情绪。离别时纵然有千言万语，但一时难以言说，唯有"劝君更尽一杯酒"来表达自己殷切的祝愿了。末句看似直截了当，实则蕴涵着诗人多少难以言说的话语和祝愿。阳关之外，故人难寻，我们此时的友情实在是难以割舍。

全诗抓住典型场景、典型镜头，衬托了离别时凝重的心情，情景俱兼，自然真挚，突破了传统送别诗中凄恻伤怀的情调，清人王士禛曾视之为唐人七言的压卷之作。

文史链接

折柳送别

"折柳"一词最早出现在汉乐府《折杨柳歌辞》中，其云："上马不捉鞭，反折杨柳枝。"中国古代送别时，送行者总要折一支柳条赠给即将要远行的人，寓含着惜别、怀远之意。其实"折柳"与离别的关系最早见于我国第一部诗歌总集《诗经》里。其中之《小雅·采薇》云，"昔我往矣，杨柳依依；今我来思，雨雪霏霏"，以依依之"柳"来衬托离情。

一般认为，因"柳"与"留"谐音，所以"折柳赠别"表示挽留之意，寄寓着一种恋恋不舍的心意。人们离别时折柳相送，在思念亲人、怀念故友时也会折柳寄情。此外，对于折柳赠别还有另外一种说法。柳树和其他树木相比，生存能力很强，随地可活，喻指好友的离别正如离枝的柳条，希望他到新的地方，能很快生根发芽,好像柳枝随处可活。折柳赠别原来还暗含着这样一种美好的祝愿。

思考讨论

结合你对王维《送元二使安西》的理解,想象离别时的画面,感悟离别时的情景,并简要地说一说你所感知的内容。

滁州西涧[1]

韦应物

独怜幽草涧边生[2],
上有黄鹂深树鸣[3]。
春潮带雨晚来急[4],
野渡无人舟自横[5]。

注释

[1]滁(chú)州:地名,即今安徽滁州。西涧(jiàn):在滁州城西,俗名上马河。　[2]怜:怜爱。幽草:涧边水畔所生长的青草。　[3]深树:树荫深处。　[4]春潮:春天的潮汐。　[5]野渡:幽静偏远无人管理的渡口。

赏析

这是韦应物山水诗中的名篇,写于唐德宗贞元元年(公元785年),诗人罢滁州刺史任后闲居城外西涧之时。诗人通过春游所见之景,表达了闲适的心境和忧伤的情思。

首句为诗人春游西涧所见,在这所见之景物中,诗人独怜爱这伴水而生的丛丛青草,流露出淡泊恬静的情怀。次句写诗人春游西涧所闻,在水边那茂密的丛林之中,时时传来黄莺清脆悦耳的鸣唱。这两句中,动静明暗的交汇勾勒出幽深淡雅的情致。末二句写诗人野渡所见之景,诗中有画,景中含情。天色渐晚,春雨骤降,春潮上涨,远处渡口边停泊的小船也在这春潮中恣意飘荡,横向岸边。这两句不仅写西涧之幽寂,也流露出诗人罢任后的无奈和忧伤。韦应物任滁州刺史时曾十分关心民生疾苦,但他无法改变现状,只能在叹息声中罢官归隐,故而诗人在诗的末句借景物的描写流露出一种无奈的忧伤。

全诗描绘了滁州西涧的幽草、黄鹂、春雨、春潮、野渡、小舟等优美的自然景物,动静相衬,声色相间,让人仿佛身在画中,显现了诗人在山水诗中善于捕捉自然界典型景物的高超艺术技巧。

文史链接

山水诗

山水诗是通过描绘山水景色来抒发作者情思的诗歌,意境悠远,词气闲淡。晋代诗人谢灵运首开山水诗风,他不仅使山水成为独立的审美对象,为中国诗歌增加了一种题材,而且开启了南朝一代新的诗歌风貌。谢灵运所描绘的名山大川、湖光水色等,往往在不同程度上涂抹了诗人的主观色彩,浸透着诗人所寄托的情思,有些包涵着诗人深刻的人生体验。

古代的山水诗,由于诗人不满现实,大都表现出寂然幽静的情趣和消极遁世的思想,也有的表达出诗人对祖国的热爱,对美好生活的向往。山水诗在陶渊明之后标志着人与自然进一步的沟通与和谐,也标志着一种新的自然审美观念和审美趣味的产生。山水诗至唐人王维和孟浩然这里达到一个顶峰。本书中所选除了韦应物《滁州西涧》外,王维的《竹里馆》《终南山》等皆是此类题材的名篇。

思考讨论

韦应物《滁州西涧》后两句历来为人们称道,这两句描绘了哪些意象?这些意象创设出一种怎样的意境?表达了作者怎样的感情?

早春呈水部张十八员外[1]

韩 愈[2]

天街小雨润如酥[3],
草色遥看近却无。
最是一年春好处[4],
绝胜烟柳满皇都[5]。

注释

[1]《千家诗》题作《初春小雨》,张十八即当时的水部员外郎张籍,张籍在兄弟辈中排行十八,故称"张十八"。　[2]韩愈(公元768—824年):字退之,唐河内河阳(今河南孟州)人。自谓郡望昌黎,世称韩昌黎。唐代古文运动的倡导者,宋代苏轼称他"文起八代之衰",明人推他为唐宋八大家之首,与柳宗元并称"韩柳",有"文章巨公"和"百代文宗"之名。杜牧曾把韩愈文与杜甫诗并列,故有"杜诗韩笔"之称。著有《昌黎先生集》等。
[3]天街:帝都的街道。润如酥:像酥一样滑润。酥,酥油,这里形容春雨的滋润。　[4]最是:正是。处:时。　[5]绝胜:远远胜过。皇都:帝京。

赏析

这首诗写于唐穆宗长庆三年(公元 823 年)初春的长安,当时韩愈任吏部侍郎。全诗用极其细腻的笔法,描绘出诗人对春雨的感受,抒发了他对早春的喜爱之情,颇具自然理趣。首句便捕捉到了初春小雨细滑润泽的特点。诗人徘徊在帝都的街道上,感受着春雨滋润万物的气息,而"润如酥"形象地传达出诗人的感受,写出了春雨滋润万物、无声无息的特点,与杜甫"随风潜入夜,润物细无声"有异曲同工之妙。次句写春草在细雨中的朦胧景色,细雨滋润万物,春草勃然萌生,那鹅黄中的淡绿,远看似有,近看却无,写来生动传神,字句间透露出诗人对春意萌发的惊喜。末二句诗人直抒胸臆,这细雨中生意勃发的早春,远远胜过杨柳如烟的暮春时节。诗人选取早春万物萌动、勃勃欲发的情景与柳绿花繁的暮春时节作对比,更加突显出诗人对早春景物的偏爱。

全诗对于早春景物的选取具有典型的代表性,并巧妙地运用通感与错觉,以简洁平淡的语言来感受不易为人所察觉的春色,真能摄取早春之魂,也表现出诗人高度的概括力和细腻的艺术笔法。

文史链接

韩愈祭鳄

韩愈被贬潮州后,担任潮州刺史,潮州当地曾有一条江,叫恶溪,又名鳄溪。因江里有很多鳄鱼,常常上岸袭击岸边的牛羊和百姓，于是韩愈作了一篇《祭鳄鱼文》劝诫鳄鱼搬迁。

文章大意是：某年某月某日，潮州刺史韩愈派遣部下把一头羊和一头猪投入恶溪的潭水中，送给鳄鱼吃，同时又警告它说，古时候的帝王拥有天下后，把那些给人民带来危害的可恶动物驱逐到四海之外去了。到了后世，帝王的德行威望不够，不能统治远方，于是，江南的大片土地只得放弃给东南各族，何况潮州离京城有万里之遥。如今我韩愈受天子之命，治理这里的民众，而鳄鱼竟敢不安分守己地待在溪潭水中，占据一方，吞食民众的牲畜来养肥身体、繁衍后代。刺史虽然软弱无能，又怎么肯向鳄鱼低头屈服。鳄鱼如果能够知道，你就听刺史我说，潮州这地方，大海在它的南面，大至鲸、鹏，小至虾、蟹，没有不在大海里归宿藏身、生活取食的。鳄鱼早上从潮州出发，晚上就能到达大海。现在，我韩愈与鳄鱼约定，至多三天，务必南迁到大海去，以躲避天子任命的地方官；三天办不到，就放宽到五天；五天办不到，就放宽到七天；七天还办不到，这就表明最终不肯迁移了。这就是不把刺史放在眼里，不肯听他的话，这就证明鳄鱼愚蠢顽固，我一定要把鳄鱼全部杀尽才肯罢手。

此后，江里果然就没有鳄鱼了。当地百姓为了纪念韩愈，就把这条江将改名为韩江。

思考讨论

诗圣杜甫曾有一首《春夜喜雨》，首二联云："好雨知时节，当春乃发生。随风潜入夜，润物细无声。"请你谈谈这几句诗歌所描写的内容，并说说杜甫对春雨的感受。

乌衣巷[1]

刘禹锡

朱雀桥边野草花[2],
乌衣巷口夕阳斜。
旧时王谢堂前燕[3],
飞入寻常百姓家[4]。

注释

　　[1]乌衣巷:在南京夫子庙秦淮河南岸,三国时为吴国戍卒军营所在地。当时军士都穿着黑色衣服,故名"乌衣巷"。后为东晋时高门士族的聚居区,东晋开国元勋王导和指挥淝水之战的谢安都曾居住在这里。　[2]朱雀桥:又名朱雀航,南京朱雀门外横跨秦淮河上的一座浮桥,旧址在今南京镇淮桥稍东。三国吴时名南津桥,东晋咸康以后因其在都城正南门外,故改名,又称南航,时为交通要道。花:用作动词,为开花之意。　[3]王谢:指东晋时王导、谢安两大豪门士族。　[4]寻常:平常,普通。

赏析

　　这是一首怀古的名篇,是诗人《金陵五题》的第二首。诗人借乌衣巷所见之景抒发了世事沧桑变化的无限感慨。首句"朱雀桥边野草花",诗人从金陵城南门朱雀桥入手,写桥边之景,字句间暗喻着一种昔盛今衰之感。当年朱雀桥为秦淮河的交通要道,车水马龙、热闹非凡,如今这里野草丰茂、野花盛开,昔日的繁华早已烟消云散。"乌衣巷口夕阳斜"与首句相对,写乌衣巷在斜阳映照之下显现出寂寥惨淡的氛围。这里曾经的鼎盛繁华我们不难想见,如今却在一抹残照之中显得如此衰落,如此寂寥。首二句中的"野""斜"二字,将今日乌衣巷惨淡凄凉的景象书写得淋漓尽致。

末二句诗人借春来秋去的燕子进一步抒发历史变迁的深重感叹。那些曾经在士族大家筑巢的燕子如今也只能栖息于普通人家了。当然燕子并非是几百年前的燕子,只是诗人诗思之感觉,重在说明当年高门大户的雕梁画栋荡然无存,如今住着普通百姓,写来蕴藉含蓄。"寻常"二字含有不尽之意味。

全诗将百年盛衰兴亡的感慨寄寓于野草、斜阳、燕子等意象之中,语言含蓄,韵味无穷,收到了一种"片言可以明百意,坐驰可以役万里"的艺术效果。

文史链接

金陵五题

《金陵五题》是刘禹锡的组诗作品,分别吟咏石头城、乌衣巷、台城、生公讲堂和江令宅,实际上是从不同角度、不同侧面着笔,反复表现历史"盛衰兴亡"这一核心主题。白居易读后,曾"掉头苦吟,叹赏良久",赞曰:"我知后之诗人不复措辞矣。"这组诗将大自然的永恒和人事的沧桑之变相对比,抒发沧桑变迁之感慨。诗作情、景、事、理融为一体,寓意深邃,是怀古咏史之佳作。现录其两首,以见一斑。第一首《石头城》:"山围故国周遭在,潮打空城寂寞回。淮水东边旧时月,夜深还过女墙来。"第三首《台城》:"台城六代竞豪华,结绮临春事最奢。万户千门成野草,只缘一曲《后庭花》。"

思考讨论

在刘禹锡《乌衣巷》诗中,有人说诗人是借描写乌衣巷的衰败惨淡,辛辣地讽刺了豪门世族的覆灭。你同意这样的说法吗?请谈谈你的看法。

泊秦淮[1]

杜 牧[2]

烟笼寒水月笼沙[3],
夜泊秦淮近酒家。
商女不知亡国恨[4],
隔江犹唱《后庭花》[5]。

注释

[1]诗题一作《夜泊秦淮》。秦淮:河名,发源于江苏溧(lì)水东北,经南京流入长江。相传为秦始皇南巡会稽时开凿,用来疏通淮水,故称秦淮河。　　[2]杜牧(公元803—852年):字牧之,京兆万年(今陕西西安)人,晚唐诗人。宰相杜佑之孙,杜从郁之子。因晚年居长安南樊川别墅,故自号樊川居士,后世称"杜樊川"。唐文宗大和二年进士,授弘文馆校书郎,后赴江西观察使幕,转淮南节度使幕,又入观察使幕。后任史馆修撰,膳部、比部、司勋员外郎,黄州、池州、睦州刺史等职,最终官至中书舍人。杜牧以济世之才自负,诗文中多指陈时政之作,其写景抒情的小诗,多清丽生动,在晚唐成就颇高,人称"小杜",以别于杜甫,与李商隐并称"小李杜"。
[3]笼:笼罩。　　[4]商女:歌女。亡国恨:指南朝灭亡的遗恨。
[5]江:秦淮河。后庭花:即《玉树后庭花》。南朝陈后主陈叔宝所作,反映宫廷奢华糜烂的生活,后世多称为"亡国之音"。

赏析

全诗通过夜泊秦淮所见之景色与所闻之歌声，将历史感与现实感融为一体，表达了对晚唐帝国腐朽空虚的深深忧虑。首句"烟笼寒水月笼沙"写景，诗人用清淡的笔墨勾勒出一幅朦胧苍凉的画面。那淡淡轻烟和融融的月色笼罩在这沙、水之上，显得十分柔和朦胧，其中似乎也透出一丝淡淡的哀伤。这里"烟""月"笼罩在"水"和"沙"上，是运用互文见义的笔法。第二句点题，写诗人夜泊秦淮之情形，点明了时间地点，同时也引发下文之感慨。秦淮河曾经见证了六朝的盛衰兴亡，诗人如今停留于此，不免有吊古伤今之叹。就在此时，秦淮河对岸传来了歌女们哀艳动人的曲调，这使诗人的悲感更加浓重。于是便有"商女不知亡国恨，隔江犹唱《后庭花》"之句。

《玉树后庭花》为南朝陈后主所作，反映宫廷奢华靡烂的生活，后人遂以借指"亡国之音"。如今这些歌女却不知道什么是亡国之恨，依然在对岸吟唱《玉树后庭花》。其中之"不知""犹唱"别有一番深意，既写自己内心对现实的无限感慨，又是对唐王朝辛辣的嘲讽，伤时感事，意蕴深邃。当年隋师陈兵江北，陈后主仍然沉溺于声色歌舞之中，南朝就是在这样的奢华靡烂中亡国了。如今这样的靡靡之音难道又是历史的重演？诗人借歌女所唱，有感于大唐国势衰微、世风日颓，表现出深沉的忧世情怀。

全诗构思精当，语言凝练，情景交融，含蓄深沉，诗人将自己对历史的沉思和对现实的忧虑浓缩于尺幅之间，可谓发人深省。此诗被清人沈德潜誉为"绝唱"。

文史链接

玉树后庭花

"后庭花"本是一种花名,这种花生长在江南,因多在庭院中栽培,故称。后庭花花朵有红白两色,其中开白花的,盛开之时使树冠如玉一样美丽,故又有"玉树后庭花"之称。

《后庭花》以花为曲名,本来是乐府民歌中一种情歌的曲子。南朝陈后主陈叔宝曾依此曲填词,词云:"丽宇芳林对高阁,新妆艳质本倾城。映户凝娇乍不进,出帷含态笑相迎。妖姬脸似花含露,玉树流光照后庭。花开花落不长久,落红满地归寂中。"当时,隋兵陈师江北,陈后主的小朝廷面临灭顶之灾,可是他仍整天与宠妾张丽华等人饮酒嬉戏,作诗唱和,不顾及国家安危,后来终于在声色歌舞中亡国了。杜牧《台城曲》中之"门外韩擒虎,楼头张丽华",就是写隋朝开国大将韩擒虎已带兵来到金陵朱雀门外,陈后主还正与他的宠妃张丽华于结绮阁上寻欢作乐的情形。李白有"一闻歌玉树,萧瑟后庭秋"(《月夜金陵怀古》)之句,刘禹锡有"《后庭花》一曲,幽怨不堪听"(《金陵怀古》),还有"万户千门成野草,只缘一曲《后庭花》"(《台城》)的句子,这些都是借陈后主《玉树后庭花》怀古咏史的名篇。

思考讨论

杜牧在《泊秦淮》一诗中将景、事、情、意熔于一炉,景为情设,情随景至。请结合全诗分析这种写法。

清 明[1]

杜 牧

清明时节雨纷纷,
路上行人欲断魂[2]。
借问酒家何处有?
牧童遥指杏花村[3]。

注释

[1]清明:约在阳历4月5日前后。　[2]断魂:销魂,神思愁苦的样子。　[3]遥指:指着远处。杏花村:杏花深处的村庄。

赏析

这首诗运用白描的手法写诗人在细雨纷纷的清明时节行路所见,画面感极强,情寓景中,兴味隐跃,流露出深沉的情思。首句"清明时节雨纷纷"点明时间与此时的气候特征,清明节本来是祭扫、踏青、游春的时节,而此时诗人却独自行走在异乡的道路上,心里的滋味已不好受,偏偏又赶上了纷纷细雨,其心境更加凄苦纷乱了。次句写路上所见行人愁苦哀伤之态,无疑又给诗人内心增添了一层凄迷哀怨。诗人所见之路上行人可能是来来往往的祭扫者,他们心情沉重,又赶上阴雨天气,所以更觉愁苦。诗人为了避雨歇脚,也为了排遣心中哀愁,于是便"借问酒家何处有",写来真切自然。结句"牧童遥指杏花村",将读者从悲苦哀愁的氛围中解脱出来,带入一个焕然一新的境界,真有"柳暗花明"之感。顺着牧童遥指的手势,远处杏花盛开的树林里有一处酒家,隐约可见,牧童这一指为读者提供了广阔的想象空间。

综观全诗,行云流水,清新朴实,起承转合分明了然,"看似平淡最奇崛",含义深远,余味邈然,其情趣与神韵真难以言传。

文史链接

清明节

清明是农历二十四节气之一,一般是在阳历 4 月 5 日前后,处于仲春暮春之交。有谚语说:"清明前后,种瓜点豆。"这时天朗气清,惠风和畅,春意正浓,万物都焕发出生机勃勃的气象。清明节的起源,据传始于古代帝王将相"墓祭"之礼,后来民间亦相仿效,于此日祭祖扫墓,历代沿袭而成为中华民族一种固定的风俗。寒食节在清明前一天,与清明节是两个不同的节日,唐代将祭拜扫墓的日子定为寒食节。

清明节发展到后来,融入了寒食节的一些习俗,祭祖扫墓就是其中最主要的一个部分。《千家诗》七言律诗卷曾选入南宋诗人高翥(zhù)《清明》诗,诗云:"南北山头多墓田,清明祭扫各纷然。纸灰飞作白蝴蝶,泪血染成红杜鹃。日落狐狸眠冢上,夜归儿女笑灯前。人生有酒须当醉,一滴何曾到九泉。"这便是写清明祭扫的感受。

思考讨论

《千家诗》中亦选入宋初诗人王禹偁(chēng)的《清明》一诗,诗云:"无花无酒过清明,兴味萧然似野僧。昨日邻家乞新火,晓窗分与读书灯。"请谈谈作者在这首诗中所表达的情感。

江南春

杜 牧

千里莺啼绿映红[1],
水村山郭酒旗风[2]。
南朝四百八十寺[3],
多少楼台烟雨中[4]。

注释

[1]绿映红:绿叶映衬着红花。　　[2]山郭:靠山建筑的外城。酒旗:悬挂于酒店门口的幌子,用来招揽客人。　　[3]南朝:东晋后在建康(今南京)建都的宋、齐、梁、陈四朝合称南朝。当时的统治者都好佛,修建了大量的寺院。四百八十寺:《南史·循吏·郭祖深传》记载:"都下佛寺五百余所"。这里说四百八十寺,是取其约数。　　[4]楼台:寺庙。烟雨:蒙蒙细雨。

赏析

全诗以精练的笔法描绘江南的春色与寺院建筑在烟雨迷蒙中的景色,是一幅绝妙的江南春景图。诗中流露出诗人对南朝大兴佛寺的讽刺意味,也扣合唐王朝当时对佛教的推重。

首二句"千里莺啼绿映红,水村山郭酒旗风"以凝练的笔法对江南的春景做了高度的概括。在广阔的江南大地上，春意勃发，柳绿桃红，莺歌燕舞；傍水的村落，依山的城郭，到处都是迎风招展的酒旗，画面感极强，真可谓缩千里江南春景于尺幅之间，具有高度的概括性和典型的代表性。

末二句"南朝四百八十寺，多少楼台烟雨中"，不仅写寺庙建筑矗立在朦胧的烟雨之中，若隐若现，别有一番景致，还渗透了浓重的历史沧桑感。"南朝"给人以一种沧桑变迁的感觉，当年南朝耗费大量人力、物力、财力所建的佛寺，还剩如此之多，笼罩在烟雨苍茫之中。如今诗人将其作为江南春景写入诗篇之中，字里行间也糅合了对于唐王朝推崇佛教的讽刺之意。

全诗四句全为景语，明暗错综，声音色彩相兼，层次明朗，富于变化，短短 28 个字，就将江南春景的清新隽永、深邃迷离描绘得极富气韵。

文史链接

南朝佛教

南朝指从宋武帝永初元年(公元 420 年)到陈后主祯明三年(公元 589 年)中国南北分裂时期，南方宋、齐、梁、陈四个朝代的总称。这一时期是中国佛教文化发展的重要时期，由于宋、齐、梁、陈四个朝代的大力支持和提倡，佛教进入了迅猛发展繁荣的阶段。当时佛教的主要特点是"北造像，南造寺"，即北朝信仰佛教主要以造佛像为主，南朝则是以造寺庙为主。

南朝梁武帝萧衍年轻时就笃信佛教，登基即位的第三年就率僧俗二万人召开法会，宣称自己"舍道归佛"，并大力提倡修建寺院，大造佛像，为佛像贴金银。所造佛像，有光宅寺的丈八弥陀铜像、爱敬寺的丈八旃(zhān)檀铜像、同泰寺的十方佛金银像等，皆庄严宏伟。萧衍还著有《大涅盘》《大品》《净名》《大集》诸经的《疏记》及《问答》等数百卷，并在重云殿、同泰寺讲说《涅盘》、《般若》。萧衍信佛之后，曾四度舍身同泰寺，可谓忠诚。后来，在他的影响下，其长子昭明太子萧统、第三子简文帝、第七子元帝，也都好佛。皇族如此，垂范万民，民众信徒之多可想而知，所以才有了"南朝四百八十寺，多少楼台烟雨中"的壮观景象。

思考讨论

明代杨慎在《升庵诗话》中评价杜牧这首《江南春》时说："千里莺啼，谁人听得？千里绿映红，谁人见得？若作十里，则莺啼绿红之景，村郭、楼台、僧寺、酒旗，皆在其中矣。"请谈谈你对这种评价的看法。

秋 夕[1]

杜 牧

银烛秋光冷画屏[2],
轻罗小扇扑流萤[3]。
天阶夜色凉如水[4],
卧看牵牛织女星[5]。

注释

[1]诗题一作《七夕》,又名《秋夜宫词》。秋夕:秋天的夜晚。
[2]银烛:白蜡烛。秋光:秋色。画屏:绘有图画的屏风。

[3]轻罗小扇：用既轻又薄的绢丝制成的团扇。流萤：飞动的萤火虫。　　[4]天阶：宫中的台阶。一作"天街"。　　[5]卧看：一作"坐看"。牵牛、织女：星座名，指牵牛星和织女星。

赏析

此诗以牛郎织女美丽的神话传说为背景，衬托出宫女孤寂幽怨的心境和对真挚爱情的向往，含蓄委婉，余味无穷。首句写宫女宫中的生活环境，句中"银烛""秋光""画屏"词语的运用，营造出多么美好的氛围，但着一"冷"字，使得这样的美好骤然变得暗淡幽冷。"冷"字虽写画屏在秋夜烛光的映衬之下略带寒意，实则烘托宫女生活孤独清冷的环境。次句写宫女手持团扇，百无聊赖，借扑打流萤来消磨时光，排遣忧闷，而这并非是闲情逸趣，字句间溢出一种苦楚。宫女所持团扇不禁令人联想到秋扇见捐的情景，也暗示出宫女被遗弃的命运。末二句写来孤寂清冷。夜色已深，寒意袭人，而宫女无法入眠，躺在榻上仰视着天空中隔河相望、遥遥相对的牵牛星和织女星，引出无限情思，表达了宫女们对真挚美好爱情的向往。

此诗构思精巧，室内室外，动态静态，层层布景，突显出主人公的内心活动，是一幅生动的人物画，幽怨凄清则见于画外。

文史链接

牵牛织女与七夕

牵牛织女的传说是我国四大民间传说之一，也是在我国民间流传时间最早、地域最广的传说之一。最早见于南北朝时任昉的《述异记》。相传天河的东边住着织女,是天帝的女儿,年年在织布机上辛苦劳作,据说天上的云霞就是她织就的。因为辛勤的劳作,自己都没有时间梳妆打扮,天帝怜悯她独自生活,就把她许配给天河西边的牵牛郎。织女出嫁之后,就荒废了纺织的工作。天帝大怒,责令她回到天河东边,只许他们每年七月初七相会一次。牛郎织女只能泪眼盈盈,隔河相望。从此,在银河的东西两岸,各有一颗闪亮的星星,遥遥相对,那就是牵牛星和织女星。

每逢七月初七,人间的喜鹊就要飞上天去,在银河为牛郎织女搭桥,这就是"七夕"的由来。因为织女是一个心灵手巧的仙女,凡间的妇女便在这一天晚上向她乞求智慧和巧艺,也少不了向她求赐美满姻缘,所以七月初七也被称为"乞巧节"。

古代诗人中吟咏七夕的诗词较多,如东汉古诗十九首《迢迢牵牛星》:"迢迢牵牛星,皎皎河汉女。纤纤擢素手,札札弄机杼。终日不成章,泣涕零如雨。河汉清且浅,相去复几许。盈盈一水间,脉脉不得语。"又如宋秦观《鹊桥仙》词:"纤云弄巧,飞星传恨,银汉迢迢暗度。金风玉露一相逢,便胜却人间无数。柔情似水,佳期如梦,忍顾鹊桥归路。两情若是久长时,又岂在朝朝暮暮。"这两篇皆是吟咏牵牛织女的脍炙人口的名篇。

思考讨论

《秋夕》诗中一、三句写景,二、四句写宫女,诗中虽没有一句抒情的话,但宫女那种哀怨与期望相交织的复杂感情见于言外。请仔细品味这样的写法。

霜　月[1]

李商隐[2]

初闻征雁已无蝉[3],
百尺楼台水接天。
青女素娥俱耐冷[4],
月中霜里斗婵娟[5]。

注释

[1]霜月:霜夜之月。　　[2]李商隐(约公元813—858年):字义山,故又称李义山,号玉谿生,怀州河内(今河南沁阳)人,晚唐著名诗人。开成二年(公元857年)进士,曾任县尉、秘书郎和东川节度使判官等职。因处于牛李党争的夹缝之中,郁郁不得志,潦倒终身。其诗构思新奇,风格秾丽,尤其是一些爱情诗和无题诗写得缠绵悱恻,优美动人,脍炙人口。但部分诗歌隐晦迷离,难以理解,至有"诗家总爱西昆好,独恨无人作郑笺"之说。李商隐与杜牧合称"小李杜",与温庭筠合称为"温李",因诗文与同时期的段成式、温庭筠风格相近,且三人都在家族里排行第十六,故并称为"三十六体"。有《李义山诗集》。　　[3]征雁:秋季南飞的大雁。已无蝉:听不到蝉声了。陶渊明《己酉岁九月九日》有"哀蝉无留响,征雁鸣云霄"句。　　[4]青女:神话传说中的霜雪之神。《淮南子·天文训》:"至秋三月,地气不藏……青女乃出,

以降霜雪。"高诱注:"青女,天神,青霄玉女,主霜雪也。"素娥:嫦娥的别称。谢庄《月赋》有"集素娥于后庭"句。李周翰注:"嫦娥窃药奔月……月色白,故云素娥。" [5]婵娟:姿态美好貌。

赏析

　　全诗以清丽的语言描绘凄清的秋夜,塑造出一种空澈澄明、孤寒高远的境界,寓含着诗人美好的理想和愿望。首句"初闻征雁已无蝉",点明时令,当秋雁南归之时,鸣蝉也就停止了喧哗。《礼记·月令》说:"孟秋之月寒蝉鸣,仲秋之月鸿雁来,季秋之月霜始降。"在这寂静的秋寒之夜,蝉鸣之声已经消失,那大雁的声声鸣叫打破了寂静的秋空,诗人此时也许真的听到了雁声,内心产生了一种从喧哗到凄清,从炎热到寒冷的感受,将读者带入一种摆脱了世俗喧嚣的境界。"百尺楼台水接天",秋空明净,月色澄清,那高高的楼台浸在如水的月光之中,不但清冷高寒,而且晶莹皎洁,给人一种高峻、寒冷的感觉。这高楼形象的本身,往往代表着一种孤高并与世隔绝的环境。末二句"青女素娥俱耐冷,月中霜里斗婵娟"中之"青女"是司霜之神,"素娥"即嫦娥。她们都是居住在高寒境界里的人物,不但能够耐得住寒冷、孤独和寂寞,而且越是寒冷、孤独、寂寞,就越能够显示出她们的绰约风姿。

　　诗人即景寓情,虚实结合,将在秋夜月色之下的所见所闻描写得清峻高华,字句间体现出世人对美好高远境界的向往,同时也是诗人孤高绝俗、耿介不随的傲岸人格的自我流露。此诗高情远意自蕴其中,读后可唤起人们脱离尘俗的意念。

文史链接

无题诗

李商隐诗歌中以无题诗最为著名。在李商隐的无题诗中,基本可以确认诗人写作时即以《无题》命名的共有15首。之所以以"无题"命名,盖其内容有不宜明言、不敢明言、不愿明言者,而"无题"反胜有题,引发读者无限遐思。纵观李商隐的无题诗,其具体内容大都含混难明,它们在写法和意境上有相似的地方,都是通过隐晦的笔触表现一种微妙复杂的感情。事实上,正是这种含混难明的情形,才引发了读者多方面的感发和联想。

现录两首,以见大概。《无题》:"昨夜星辰昨夜风,画楼西畔桂堂东。身无彩凤双飞翼,心有灵犀一点通。隔座送钩春酒暖,分曹射覆蜡灯红。嗟余听鼓应官去,走马兰台类转蓬。"《无题》:"相见时难别亦难,东风无力百花残。春蚕到死丝方尽,蜡炬成灰泪始干。晓镜但愁云鬓改,夜吟应觉月光寒。蓬山此去无多路,青鸟殷勤为探看。"

思考讨论

《霜月》一诗将实境与虚境交织在一起,意境新奇,给人以清幽空灵、冷艳绝俗的感受。请说说此诗中哪些是实境,哪些是虚境以及这样的写法收到的艺术效果。

元　日[1]

王安石[2]

爆竹声中一岁除[3],
春风送暖入屠苏[4]。
千门万户曈曈日[5],
总把新桃换旧符[6]。

注释

[1]元日:农历正月初一,即春节。旧俗家家在这天放爆竹、换桃符、饮屠苏酒。　[2]王安石(公元1021—1086年):字介甫,晚号半山,抚州临川(今属江西)人,北宋政治家、思想家、文学家。仁宗庆历进士,嘉祐三年(公元1058年)上万言书,提出变法主张,要求改变北宋当时"积贫积弱"的局面。神宗熙宁二年(公元1069)任参知政事,次年任宰相,依靠神宗实行变法,后因保守派反对,新法遭到阻碍。熙宁七年(公元1074年)辞退,次年再相,九年再辞,还居江宁(今江苏南京),封舒国公,改封荆,世称荆公,卒谥文。列宁曾称他为"中国十一世纪时的改革家"。他工散文,是"唐宋八大家"之一;亦工诗,成就更在散文之上;其词风格独特,虽不多而风格高峻,洗净五代铅华。　[3]爆竹:鞭炮。古时在节日或喜庆日,用火烧竹,毕剥发声,以驱除山鬼瘟神,谓之"爆竹"。火药发明后以多层纸密卷火药,接以引线,燃之使爆

炸发声,亦称为"爆竹",即今天的鞭炮。一岁除:一年已尽。除,去。　　[4]屠苏:酒名,用屠苏草浸泡的酒。古时有正月初一饮屠苏酒的习俗,用以驱邪除灾。　　[5]曈(tóng)曈:日出时光亮的样子。　　[6]桃:桃符。古时风俗,农历正月初一时人们用桃木板写上神荼、郁垒两位神灵的名字,悬挂在门旁,用来驱除鬼邪。后来演化为春联。

赏析

　　这是一首咏节序的诗,诗人以简洁明快的语言、白描的笔法,将元日之物色风俗以及欢庆之气氛融入诗中,描绘出举国上下在元日热闹非凡、欢欣鼓舞、除旧迎新的景象,具有极为浓厚的生活气息。首句"爆竹声中一岁除",写在通宵达旦的爆竹声中,旧的一年过去了,人们迎来了新年的第一个清晨。"春风送暖入屠苏",人们沐浴着和煦的春风,尽情欢饮着屠苏酒,感受着无边春意的来临。旧时人们每年正月初一要喝屠苏酒,用来驱灾除病。第三句"千门万户曈曈日",紧承上句,家家户户都沐浴在初春朝阳的光照之中,其乐融融。末句"总把新桃换旧符"为结点所在,既写民间正月初一更换桃符的风俗,也寓含除旧布新的意思。其中,"新桃"即"新桃符"的省略,"旧符"即"旧桃符"的省略,因为七言句式的限制,这里运用互文省字的结构。

　　综观全诗的内容,我们不能不想到王安石的变法,变法即是除旧布新,这首诗描写新年元日普天同庆和万象更新的热闹景象,也暗含了诗人革新除旧的政治热情。只有实施新政,才可以使万民安乐,国家富强,这体现出了一个政治家的博大胸襟。

文史链接

除夕与春节

除夕指农历一年最后一天,即春节前一天的晚上,因常在夏历腊月三十或二十九,故又称该日为年三十。一年的最后一天叫"岁除",当日晚上叫"除夕"。除夕人们往往通宵不眠,叫守岁。此外还有贴门神、贴春联、挂灯笼、吃年夜饭、放爆竹等习俗。春节俗称"年节",是中华民族最隆重的传统佳节。自汉武帝太初元年始,以农历正月初一为"岁首"(即"年"),年节的日期由此固定下来,延续至今。

春节在不同时代有不同名称。先秦时叫"上日"、"元日"、"改岁""献岁"等;两汉时期被叫为"三朝""岁旦""正旦""正日";魏晋南北朝时称为"元辰""元日""元首""岁朝"等;到了唐宋元明,则称为"元旦""岁日""新正""新元"等;而清代,一直叫"元旦"或"元日"。

1911年辛亥革命以后,开始采用公历(阳历)计年,遂称公历1月1日为"元旦",称农历正月初一为"春节"。

思考讨论

中国素来注重岁时节序。关于节日的习俗,全国不同地方、不同民族有不同的习俗,请谈谈你所知道的地方或民族过年时的风俗习惯。

饮湖上初晴后雨[1]

苏 轼[2]

水光潋滟晴方好[3],
山色空蒙雨亦奇[4]。
欲把西湖比西子[5],
淡妆浓抹总相宜[6]。

注释

[1]湖:这里指杭州西湖。　　[2]苏轼(公元1037—1101年):字子瞻,号东坡居士,眉州眉山(今属四川)人。北宋著名的文学家、书画家,唐宋八大家之一。在政治上因与新党不合,又为旧党所不满,所以屡遭贬斥,仕路的坎坷和波折,深深地影响了他的思想和创作。诗、词、文、书法、绘画皆擅,俱为一代大家。他与蔡襄、黄庭坚、米芾合称"宋四家",善画竹木怪石,其画论、书论也有卓见。散文是北宋继欧阳修之后的文坛领袖,与欧阳修齐名;诗歌与黄庭坚齐名;词体上扩大词境,提高了词体的地位,与南宋辛弃疾并称"苏辛"。　　[3]潋滟(liàn yàn):波光闪动的样子。[4]空蒙:烟雨迷蒙的样子。　　[5]西子:即西施,春秋时越国有名的美女,原名施夷光,与王昭君、貂蝉、杨玉环并称为中国古代四大美女。因为东坡此诗,后世又把西湖称为西子湖。
[6]相宜:相称,合宜。

赏析

苏轼《饮湖上初晴后雨》共有两首,这是第二首。宋神宗熙宁四年(公元1071年)六月,苏轼以太常博士直史馆出为杭州通判,熙宁六年(公元1073年)在杭州任职期间写下此诗。全诗描摹了西湖的山光水色,形象生动,空灵通脱,也透露了诗人任运旷达的襟怀。

首二句写诗人在湖上饮酒游赏所见之山光水色,是阴晴两种不同的景致。晴朗时,西湖在阳光的照耀下波光粼粼;阴雨时,远处的山峦在烟雨之中隐约朦胧,可谓气象万千,令人神往。其中"潋滟""空蒙"叠韵词的运用,"好""奇"等形容词的修饰更增强了西湖山光水色艳丽朦胧的效果。末二句以貌取神,将西湖比作西子,西湖之水光潋滟、山色空蒙,好似西子之淡扫蛾眉、浓妆粉黛,风姿绰约,蕴藏着无限的魅力。以美女比喻西湖,不仅赋予西湖淡雅绰约的生命风姿,还唤醒人们心中对自然与生命共态的无限遐思,形象传神,情味隽永,新奇别致。这一比喻,被宋人称为"道尽西湖好处"的佳句,以至"西子湖"成了西湖的别名。后人多赞扬此句之绝妙,宋人武衍《正月二日泛舟湖上》曾云:"除却淡妆浓抹句,更将何语比西湖?"

文史链接

西施浣纱

西施世居越国苎萝。苎萝山下临浣纱溪,江中有浣纱石,传说西施常在此浣纱。西施天生丽质,她在浣纱时,就连水里的鱼儿都为她的容貌所沉醉。

春秋末年,吴王夫差击败越国,越王勾践退守会稽山(今浙江绍兴南),受吴军围攻,被迫向吴国求和,勾践忍辱三年入吴为人质,服侍吴王。等到被释放回国后,他一方面励精图治,另一方面与范蠡设计寻找美女进献吴王,让吴王沉醉美女声色之中,不理国事,然后乘机击败吴国,报仇雪耻。范蠡便找到了西施,将她献于吴王。吴王大喜,在姑苏建造春宵宫,并筑大池,池中设青龙舟,日与西施为水戏,又为西施建造了表演歌舞和欢宴的馆娃阁、灵馆等,西施擅长跳"响屐舞",夫差又专门为她筑"响屐廊"。夫差如醉如痴,沉湎女色,不理朝政,终于被越王勾践击败,走向亡国丧生的道路。

思考讨论

《饮湖上初晴后雨》一诗寥寥数语却能勾画出西湖多姿多彩的魅力,难怪千百年来,人们每每来到西湖都要吟诵这优美的诗句。此诗一出,后世又把西湖称为西子湖。请说说诗人为什么会把西湖比作西施。

海 棠

苏 轼

东风袅袅泛崇光[1],
香雾空蒙月转廊[2]。
只恐夜深花睡去[3],
故烧高烛照红妆[4]。

注释

[1]东风:春风。袅袅:花枝被微风吹拂的样子。崇光:月光照映下花朵的高华之貌。 [2]廊:回廊。 [3]只恐:只怕,只是担心。 [4]故:因此。红妆:本指女子盛装,此处喻指海棠花。

赏析

此诗作于宋神宗元丰三年(公元1080年),苏东坡被贬黄州期间。这是一首咏物之作,语言浅近而情意隽永。首二句从视觉、嗅觉角度写海棠。轻柔的春风吹拂着海棠,花枝袅袅动人;月华皎洁，照映在海棠花上，泛出艳丽的光泽。此时，海棠花散发出阵阵幽香，弥漫在氤氲的雾气之中，沁人心脾，可见诗人已经完全沉醉在这海棠的花香之中了。此时，月亮已转过回廊，渐渐西沉，暗示出夜色已深。其后，诗人笔锋一转，"只恐夜深花睡去"虽是诗人想象之词，但流露出诗人对美好景致的留恋和痴迷。"花睡去"暗引唐玄宗赞杨贵妃"海棠睡未足耳"的典故。唐明皇召贵妃同宴，而妃宿酒未醒，唐玄宗赞杨贵妃曰："海棠睡未足耳。"此诗戏用之。诗人害怕海棠花夜阑孤寂、独自睡去，栖息于昏昧幽暗之中，所以特意点上红烛来与海棠相伴，共度良宵。末二句极富浪漫色彩，后人评价曰"造语之奇，构思之巧"，确实如此。全诗虽是咏花，但也暗喻了诗人被贬后幽独孤寂的境遇和高洁美好的操守。

文史链接

苏轼在黄州

元丰二年(公元 1079 年)十二月，苏轼因"乌台诗案"被贬黄州，任团练副使。初到黄州，生活困顿，他的故友，时任黄州通判的马正卿从州府为他要来黄州东坡上的军营旧地给他耕种。第二年春天，苏轼于其上筑雪堂，题之曰"东坡雪堂"，自号曰"东坡居士"。他还写下了《东坡》一诗，表达自己对田园生活的热爱，对世俗名利的不屑，但愿长醉山水间之意。诗云："雨洗东坡月色清，市人行尽野人行。莫嫌荦确坡头路，自爱铿然曳杖声。"

对苏轼而言，在黄州期间是他文学创作的一个高峰。如他的散文名篇《前赤壁赋》《后赤壁赋》,词作《念奴娇·赤壁怀古》等均写于这一时期。如今黄州区的名胜文赤壁就是因苏东坡在此写有《赤壁怀古》词和前后《赤壁赋》而得名。

苏轼被贬黄州的时候,有著名的《猪肉颂》打油诗:"黄州好猪肉,价钱等粪土。富者不肯吃,贫者不解煮。慢著火,少著水,火候足时它自美。每日起来打一碗,饱得自家君莫管。"这里的"慢著火,少著水,火候足时它自美",就是著名的东坡肉烹调法了。苏东坡后来任杭州太守,修苏堤,兴水利,深受百姓爱戴。而这"东坡肉"也跟着沾光,名噪杭州,成了当地的一道名菜。

思考讨论

苏轼《海棠》诗中最后两句用的修辞手法是什么?这样写有什么好处?

惜　春[1]

朱淑真[2]

连理枝头花正开[3],
妒花风雨便相催[4]。
愿教青帝长为主[5],
莫遣纷纷点翠苔[6]。

注释

[1]《千家诗》题作《落花》。　[2]朱淑真:钱塘(今浙江杭州)人,两宋之交著名的女词人,约与李清照同时。自号幽栖居

士,生卒年代至今没有确考。但是根据流传下来的作品,能够大致勾勒出其轮廓。她婚姻不幸,所嫁非人,因而写下大量伤怀之作。她也曾在诗词作品中大胆表露爱情,但不见容于封建礼教,抑郁抱恨而死后,也不能葬骨于地下,真可谓生亦不幸,死亦不幸。作品被后人辑录为《断肠集》,词集有《断肠词》。　　[3]连理枝头:两棵树的枝干合生在一起,比喻夫妻恩爱。　　[4]妒:嫉妒。　　[5]青帝:我国古代神话中的五天帝之一,是位于东方的司春之神,又称苍帝、木帝。　　[6]莫遣:不要让。点:点缀。翠苔:绿色的苔藓。

赏析

诗人运用比喻象征的手法写连理之花盛开时遭到风雨摧折的情景,表达了诗人的惜春之情和对美好幸福生活的向往。首二句写连理花在盛开之时遭到横风狂雨的扫荡,直接表露出诗人的惜花之情。而"正""便"等字眼的运用,更加突出诗人这样的情感。那艳丽的花朵还没有享受人们的驻足观赏,就被突如其来的风雨摧折了,红消香断,令人痛惜。那横风狂雨好似在嫉妒着艳丽绚烂的连理之花,在一刹那间便将这美好的景致摧折得杳无踪影。诗人在这里不仅写花事,也寓含着那些不幸的人生世事,表露出对命运无法把握的无奈。在这种"无可奈何花落去"的情境之下,诗人在末二句将花朵的命运寄托在"青帝"(司春之神)的身上,希望青帝做主,保护这些花儿,不要让它们零落成泥,点缀绿苔,隐含着诗人对美好生活的向往。

全诗表面上写落花惜春,实际上是借落花隐喻人世间的风雨沧桑。这首诗无法考证其所作时间,但结合朱淑真的身世性格,我们亦不难想见她内心的无奈愤慨和对美好生活的呼唤。

文史链接

朱淑真的诗词

朱淑真婚姻不幸,一生都受到感情的折磨。其诗词多抒写个人爱情生活,早期笔调明快,文词清婉,情致缠绵,表现出对美好爱情的追求和向往。如她的《秋日偶成》诗这样写道:"初合双鬟学画眉,未知心事属他谁。待将满抱中秋月,分付萧郎万首诗。"透露出一个怀春少女的浪漫心态。后期因所嫁非人,其作品忧愁郁闷,流于感伤,常常流露出满腔的悲切与怨恨。例如其《愁怀》:"鸥鹭鸳鸯作一池,须知羽翼不相宜。东君不与花为主,何以休生连理枝",表现出她对于自己婚姻的不满和愤激之情。她曾与自己的命运作过挑战,与不幸婚姻进行抗争,《清平乐·游湖》中所写的"娇痴不怕人猜,和衣睡倒人怀。最是分携时候,归来懒傍妆台",就是她所采取的实际行动。为此,她也付出了沉重的代价。

思考讨论

朱淑真在她的《愁怀》一诗中曾写道"东君不与花为主,何以休生连理枝",表达了对不幸婚姻的抗争。诗中的"东君"即司春之神。《落花》诗中也曾提到"连理枝""青帝(司春之神)",请说说这两首诗所表达的不同情感。

题临安邸[1]

林 升[2]

山外青山楼外楼[3],
西湖歌舞几时休[4]。
暖风熏得游人醉[5],
直把杭州作汴州[6]。

注释

[1]题:写。临安:南宋都城,在今浙江杭州。邸(dǐ):旅舍,客栈。 [2]林升:字梦屏,平阳(今属浙江)人,大约生活在南宋孝宗朝(公元1163—1189年),生平事迹不可考,是一位擅长诗文的士人。 [3]山外青山:青山之外还有青山。楼外楼:高楼之外还有高楼。 [4]几时:什么时候。休:罢休,停息。 [5]熏(xūn):染。 [6]直:简直。汴(biàn)州:北宋的京都,今河南开封。

赏析

这是题在临安客栈墙壁上的一首题壁诗,诗人将矛头直指偏安江南一隅的小朝廷,讽刺南宋统治阶级不思进取、贪图享乐,字句间流露出诗人的不满与愤慨。

首二句诗人用讽刺的笔法写出了临安都城虚假繁荣的太平景象。青山重叠而出,楼房鳞次栉比,西湖上轻歌曼舞,可谓一派繁荣,暗示出南宋统治者寻欢作乐、醉生梦死的腐朽风气。南宋朝廷偏安于东南一隅,置沦陷区人民于不顾,把国家之耻辱全然抛在脑后。"几时休"三字暗含着多少哀怨,多少规劝和嘲讽,真使人联想到"商女不知亡国恨,隔江犹唱《后庭花》"。第三句"暖风熏得游人醉"中之"熏""醉"极为传神,将那些寻欢作乐、不思北伐的士人刻画得惟妙惟肖,可谓力透纸背。这暖风不仅指西湖和暖的清风,也道出了南宋统治阶级纸醉金迷、纵情歌舞的淫靡之风。末句,诗人大声疾呼,直抒胸中悲愤,你们这些沉酣于歌酒之中的上层人物完全忘却了旧京都和国土失陷的耻辱,完全忘记了沦陷区痛苦挣扎、度日如年的百姓。

全诗构思精巧,语言淡而味厚,在写景状物之中寓含着辛辣的嘲讽和诗人无限的悲愤。

文史链接

靖康之难

宣和二年(公元1120年),宋金两国结成海上之盟,议定金国进攻辽中京(在今内蒙古),而宋攻辽燕京,灭辽之后,辽国燕云十六州归宋,其余国土归金。后来金兵攻破辽中京,而宋朝20万大军大败。辽国灭亡后,燕京被金人所占,宋廷则用岁币将燕云十六州买回。

1123年7月,前辽国将领张觉以平州投降北宋,金人以私纳叛金降将为由问罪,北宋朝廷将张觉斩杀。公元1125年,金国以张觉事变为由,兵分东、西两路南下攻宋。东路攻燕京,西路直扑太原。东路金兵破燕京,渡过黄河,于靖康二年(公元1127年)攻破北宋国都汴京(今河南开封),俘虏了宋徽宗、宋钦宗父子。大量赵氏皇族、后宫妃嫔与贵卿、朝臣等共三千余人被迫北上金国,城中天文仪器、珍宝玩物、皇家藏书等公私积蓄为之一空。因此事发生在宋钦宗靖康年间,史称"靖康之难"或"靖康之耻"。同年五月,原任河北兵马大元帅的赵宋皇族康王赵构,在金军退走之后,在南京(今河南商丘南)即位,仍沿用大宋国号,史称南宋,年号建炎,是为宋高宗。后来高宗迁都临安,南宋与金国以淮水至大散关一线为界分治。

南宋岳飞在《满江红》中曾提道:"靖康耻,犹未雪,臣子恨,何时灭。"其中"靖康耻"便指靖康之难。

思考讨论

在此诗"西湖歌舞几时休"的质问声中,在"直把杭州作汴州"的痛恨声中,你感受到了诗人怎样的心情?请说说你的体会。

春 日

朱 熹[1]

胜日寻芳泗水滨[2],
无边光景一时新[3]。
等闲识得东风面[4],
万紫千红总是春[5]。

注释

[1]朱熹(公元1130—1200年):字元晦,一字仲晦,号晦庵、晦翁、考亭先生、云谷老人、沧洲病叟、逆翁,别称"紫阳"。江南东路徽州府婺源县(今江西婺源)人,出生于南剑州尤溪(今属福建)。宋高宗绍兴十八年(公元1148年)进士,曾任荆湖南路安抚使,仕至宝文阁待制。为政期间,申敕令,惩奸吏,政绩显赫。南宋著名的理学家、教育家、诗人,闽派的代表人物,世称"朱子"。主要著作有《四书集注》等。有《晦庵先生文集》一百卷。其诗歌在理学家诗歌中较为清新活泼。　[2]胜日:春光明媚的日子。泗水:河流名,在山东省中部,源于泗水县,流入淮河,为淮河下游最大的支流,历史上经常将泗水和淮水并称为"淮泗"。孔子曾在泗水聚徒讲学。滨:水边。　[3]光景:风景。一时:同时。　[4]等闲:寻常,随意。东风:春风。　[5]万紫千红:形容百花齐放、姹紫嫣红的春景。总是:都是。

赏析

这是一首哲理诗。诗人以虚拟的笔法写自己游赏泗水,通过追寻生机勃勃、姹紫嫣红的春景表露出诗人心仪孔子、亟求圣人之道的本意。《文心雕龙·神思》说:"文之思也,其神远矣。故寂然凝虑,思接千载;悄焉动容,视通万里。"可见作者在构思时可以心游万仞,不受时空之局限。朱熹此诗即是如此。

全诗为诗人想象虚构之辞,首句点名诗人"寻芳"之时令、地点。时间在阳光明媚的春天,地点则在孔子曾经聚徒讲学的泗水之滨。因而这"寻芳"带有另外一层喻指,即探求圣人之道。第二句写游赏寻芳所见。春回大地,焕然一新,也写出了诗人由所见之盎然春意而产生耳目一新、新奇讶异的感觉。第三句运用拟人的手法写诗人在这大好的春光中,真正"识得东风面",其中"识"照应首句之"寻",道出了诗人追寻的结果。末句紧承上句,进一步叙写无边的光景,"万紫千红总是春",色彩明丽,格调健朗,给人以直观的感受,既写出了春天繁花似锦的景致,充满了旺盛的生机和活力,又写出了诗人"闻道"、"得道"的乐趣。

全诗寓景以说理、寓物以抒情,以诗歌形象生动的语言表达一个道学家胸中的道理,写来自然活泼而无生涩之感,因而此诗既具有自然的审美情趣,又具有哲理的审美高度。

文史链接

朱熹为何不能到泗水寻芳

"靖康之难"后,宋高宗赵构在北宋应天府南京(今河南商丘)

仓促登基,继承皇位,后南迁绍兴、临安,史称南宋。由于军事实力始终不敌金国,宋高宗十一年(公元1141年),宋金签订了《绍兴和议》,议定宋金疆土以淮水为界,至此,金人占领了中国的半壁河山。隆兴元年(公元1163年),张浚北伐,大败。从此,南宋主和派得势,主战派失利。宋孝宗以后,南宋朝廷稍稍安稳,偏安于东南一隅,金人也暂时息兵于淮北。

朱熹身在南方,面对这样的国家形势,他一生从未能渡过淮水而至山东境内,何来泗水寻芳?原来朱熹从成年起就深研理学,其"理气"之说植根于孔子的仁学,宋室南渡之后,他虽向往孔子当年聚徒讲学于泗水之上的情形,但迫于形势,只能托意神游,而不能亲身前往。因此朱熹以《春日》表达对圣人之道的钦羡和向往,而并非是他真实记录其游赏春景之作。深识之士,自能窥其灵府。

思考讨论

《春日》一诗中,朱熹把哲理融化在生动的形象之中,丝毫不露说理的痕迹。这是朱熹的高明之处。请仔细体会诗中这种手法的运用。

观书有感[1]

朱 熹

半亩方塘一鉴开[2],
天光云影共徘徊[3]。
问渠那得清如许[4],
为有源头活水来[5]。

注释

[1]观书:读书,看书。 [2]方塘:池塘。旧注云:"'方塘'又称半亩塘,在福建尤溪城南郑义斋馆舍(后为南溪书院)内。朱熹父亲朱松与郑交好,故尝有《蝶恋花·醉宿郑氏别墅》词云:'清晓方塘开一境。落絮如飞,肯向春风定。'"旧注意在说明所引词中之"方塘"即是朱熹诗中之"半亩方塘",我们阅读时不必拘泥于旧注。鉴:镜子。古人以铜为镜,覆以镜袱(遮盖镜子的软帘),用时打开。 [3]徘徊:来回移动。 [4]渠:它,第三人称代词。指方塘之中的水。那(nǎ)得:怎么能够。那,通"哪"。清如许:如此清澈。 [5]为:因为。活水:流动着的水。

赏析

诗人以半亩方塘来喻指读书,池塘因为有活水源源而来,所以清澈澄明,直视见底。而读书也需要不断积累,植根深厚,才能境界阔大、豁然开朗。

  诗人善于捕捉自然界生动的形象,将哲理融汇于形象之中。首二句便以清澈明净的方塘为喻,写出了塘水的澄明洁净,好似一面镜子,"天光云影"在池水中闪耀浮动的细微情态。此二句中之物态本身就给人一种美感,读后使人心境澄澈,胸中明净,豁然开朗。诗人所写景物之情态与一个人读书时茅塞顿开的喜悦之感相类似,故诗人以此作比。后二句揭示池塘之水清澈澄明的原因,是自问自答。"清如许"是对首二句的总结,"为有"是对上一句的回答。为何那方塘的水会这样清澈呢?因为有那永不枯竭的源头为它源源不断地输送活水。这就意味着读书要勤要多,时时补充新知识,就像池塘的源头活水一样不断注入,才能思路明畅、境界开阔。

  此诗诗题为《观书有感》,读后可知它并非是一首单纯的写景抒情之作,而是蕴涵着深刻哲理的。其中包含着读书有悟有得时的那种气韵流畅无碍、精神清新活泼而自得的境界,这也写出了作者作为一位大学问家的切身读书感受。我们细读全诗,并不感觉晦涩难解,这就得益于诗人善于将哲理融化于生动的自然形象之中,让形象本身来说话的高妙艺术手法。此诗为我们今后在阅读赏析时寻找"象外之意"提供了生动的范例,读者可以从中得到多重启发。

文史链接

《观书有感》其二

朱熹《观书有感》一共二首,《千家诗》均作收录。第二首也是借助形象喻理的诗。它以泛舟为例,让读者去体会与读书学习有关的道理。诗云:"昨夜江边春水生,艨艟(méng chōng)巨舰一毛轻。向来枉费推移力,此日中流自在行。"这也是一首极富艺术哲理的小诗。因为"昨夜"下了大雨,所以"江边春水"猛涨,本来搁浅的"艨艟巨舰",如今像羽毛般漂浮在水面上。"向来枉费推移力,此日中流自在行",因江水枯竭而搁浅的时候,多少人费尽力气推船,都是枉费。而此时春水猛涨,巨舰却自由自在地飘行在江水之中。诗中突出"春水"之重要,所蕴涵的客观意义是强调艺术灵感的勃发,足以使得艺术创作流畅自如;也可以理解为艺术创作要基本功夫到家,则熟能生巧,驾驭自如。

本诗抛开创作,还可以理解为在时机未到时行事盲动无益,等到时机成熟时自然会畅通无碍。这两首诗就是以象征的手法,将哲理化作可以感触的具体形象并加以描绘,让读者自去领略其中奥妙。

思考讨论

朱熹的弟子读了《观书有感》这两首诗后说:"前首言日新之功,后首言力到之效。"请结合《观书有感》二首仔细品味这两句话。

庆全庵桃花[1]

谢枋得[2]

寻得桃源好避秦[3],
桃红又是一年春。
花飞莫遣随流水[4],
怕有渔郎来问津[5]。

注释

[1]庆全庵:诗人在福建建阳时隐居之所。　[2]谢枋得(公元1226—1289年):南宋诗人,字君直,号叠山,信州弋阳(今属江西)人。宝祐四年(公元1256年)与文天祥同科进士。曾任建康(今南京)考官,出题以贾似道政事为问,遂被罢斥。德祐元年(公元1275年)起用为江东提刑、江西招谕使,德祐二年(公元1276年)知信州,元兵攻破信州,他隐姓埋名逃入福建武夷山中隐居。元朝迫其出仕,曾五次派人来诱降,但都被他严词拒绝,后来被强行押往大都,他誓死不降,绝食而死。有《叠山集》。
[3]桃源:桃花源的简称,详见"文史链接"。秦:秦时战乱,借指元军。　[4]莫遣:不要让。　[5]渔郎:陶渊明《桃花源记》中的武陵渔人,详见"文史链接"。津:本义指渡口,这里指路径。

赏析

这是诗人隐居后所作,是一首借物咏志抒怀的诗歌。诗人把自己的隐居之所比作陶渊明笔下的世外桃源,希望不为外人所知,表达了诗人不愿意出仕新朝的决心。

首句之"桃源"就是诗人的隐居之所,"避秦"本意是指躲避秦时之战乱暴政,实际上是指南下的元军。诗人身处宋元易代之际的乱世,眼见山河破碎,生灵涂炭,内心真不忍面对。次句写居所桃花盛开之景。"又是"一词流露出诗人惊叹时间之快和往事不堪回首的无奈。末二句诗人希望自己的隐居之所不要让外人所知,希望桃花不要随水逐流,泄露我的隐居之地,所以结句云"怕有渔郎来问津",字里行间暗示出元军对抗元人士的残酷搜捕。

全诗借典故来立意,虽写隐居后怕有人至,但写来委婉含蓄而不直露,字句间充满了忧愤之情。我们结合诗人在抗元失败后的经历来解读此诗,也就不难理解了。

文史链接

桃花源记

传说晋武陵有一位渔人,划船沿溪捕鱼。忽然遇到一片桃花林,溪水两岸几百步以内,中间没有别的树木,花和草鲜嫩美丽,缤纷绚烂。渔人对此感到非常惊异。又向前划去,想走到那片林子的尽头。

桃花林在溪水发源的地方没有了,在那里看到一座山,山边有个小洞,隐隐约约好像有光亮。渔人就舍船上岸,从小洞口进入。只见土地平坦宽阔,房屋整整齐齐,有肥沃的土地、清澈的池塘,还有桑树竹林之类。田间小路交错相通,村落间能互相听到鸡鸣狗叫的声音。来来往往的行人耕种劳作,男男女女的衣着装束完全像桃花源外的世人,老人和小孩都高高兴兴,自得其乐。

渔人平生未历,不知何境。村人告诉他说:"我等先世避秦之乱世暴政,来此居住,不知几何岁月,亦不知是何朝代。男耕女织,不与人世相通。"村人各自邀请渔人到他们家里,都拿出酒菜饭食来款待他。渔人居住了几天,告辞离开。村里人告诉他说:"我们这里的情况不值得对外界的人说啊!"

渔人出来后,找到了他的船,就沿着先前的路回去,一路上处处标上记号。渔人到了武陵郡,便去拜见太守,把这些情况作了禀报。太守立即派人随同他前往,寻找先前所做的记号,结果迷了路,再也找不到通向桃花源的路了。

思考讨论

在《庆全庵桃花》一诗中,诗人能将心中之情与身边之境有机地结合,请依据你对这首诗的理解,想象一下此诗的环境和诗人此时内心的感受。

第三章　五言律诗

律诗定型较晚,起源于南朝齐永明时沈约等讲究声律、对偶的新诗,定型于初唐,成熟于中唐,至杜甫而集其大成。初唐四杰、沈佺期、宋之问等人对律诗的发展做出了重要的贡献。律诗为四联八句,在作法上比绝句有更为严格的要求,起承转合分明了然,一般称第一联为首联(破题),第二联为颔联,第三联为颈联,第四联为尾联(结句)。在清代名著《红楼梦》中,作者曹雪芹借林黛玉之口曾讲述了律诗的作法:"不过是起承转合,当中承转,是两副对子,平声的对仄声,虚的对实的,实的对虚的。若是果有了奇句,连平仄虚实不对都使得的。"又说,"词句究竟还是末事,第一是立意要紧。"这里是说律诗在立意之后要在章法上运用起承转合,中间两联(即颔联、颈联)在修辞方面需要运用对仗。此外,律诗还要求第二、四、六、八句通押一韵且押平声韵,首句仄起可不押韵,讲求粘对,即上一联的对句与下一联的出句的第二个字平仄必须相同。

律诗分为五言律诗和七言律诗,简称五律、七律。总体上来看,律诗格律非常严谨,在句数、字数、押韵、平仄、对仗各方面都有严格规定:(1)每首限定 8 句。五律共 40 字,七律共 56 字。(2)讲求平仄粘对。(3)限用平声韵,而且一韵到底,中间不得换韵。

  第三、四章所选为唐宋人之五律与七律，题材各异，但均为律诗中之佳制，在评赏中不时引用前人说法，力求使读者窥得律诗作法的门径，感受到诗歌所传达出的兴发感动的力量。

野 望

王 绩[1]

东皋薄暮望[2],徙倚欲何依[3]。
树树皆秋色,山山惟落晖[4]。
牧人驱犊返[5],猎马带禽归[6]。
相顾无相识[7],长歌怀采薇[8]。

注释

[1]王绩(约公元589—644年):字无功,绛州龙门(今山西河津)人,王通之弟,尝居东皋,号东皋子。隋末举孝廉,除秘书正字,后以疾辞。唐武德中,诏以前朝官待诏门下省。贞观初,以疾罢归河渚间,躬耕东皋。性简傲,嗜酒,能饮五斗,赞美嵇康、阮籍、陶潜,自作《五斗先生传》。其诗作多描写山水田园风光和隐士生活,近而不浅,质而不俗,真率疏放,有旷怀高致,直追魏晋高风。律体滥觞于六朝,而成型于隋唐之际,王绩实为先声。有《王无功集》。　　[2]东皋(gāo):绛州龙门的一个地方,据说诗人渡黄河回家,途经北山东皋,于是在此隐居。皋,水边高地。薄暮:傍晚,太阳快落山的时候。韩愈《感春》诗之五:"清晨辉辉烛霞日,薄暮耿耿和烟埃。"　　[3]徙倚:徘徊。依:归依。　　[4]落晖:落日之余晖。　　[5]犊:小牛。　　[6]猎马:出猎的马匹。禽:所猎获之野物。　　[7]顾:回头看。　　[8]采薇:引用伯

夷、叔齐之典故。相传周武王灭商后，伯夷、叔齐不愿做周的臣子，在首阳山上采薇而食，最后饿死。薇，一种多年生草本植物，叶嫩可食，俗称野豌豆苗。古时借"采薇"代指隐居生活。《诗经·小雅》有《采薇》篇曰："采薇采薇，薇亦作止。曰归曰归，岁亦莫止。"

赏析

全诗于恬静闲雅的山野秋景之中透露出诗人孤独凄寂的情怀，同时也为我们描绘出一幅灵动的薄暮山居秋景图。"东皋薄暮望"，诗人在暮色中登东皋而望，面对这一片千里清旷、苍茫无际的秋景，不禁感到孤独和彷徨。"欲何依"化用曹操《短歌行》之"何枝可依"，表现出诗人无所着落之情态。颔联、颈联写望而所见，树树之秋色，山山之落晖，本来就很凄清了，而诗人用"皆""惟"连接，愈加显得萧瑟凄凉。在这样背景的衬托之下，点上"牧人驱犊返，猎马带禽归"的图景，使得这静谧凄冷的画面突然显得灵动而有生气，带有田园牧歌式的意味和印象。在这两联中，诗人将光与色、近景与远景、动态与静态搭配得恰到好处。尾联借"无相识"写自己并没有从这田园的景物中寻找到慰藉与寄托，而只有长吟"采薇"，追怀古代的隐士，以此来寄意了，这一方面描绘出诗人不问世事的闲适之情，另一方面凸显出诗人的凄凉无依之感。《诗经·召南·草虫》："陟彼南山，言采其薇；未见君子，我心伤悲。"诗人所乏的正是这样的知音啊。

全诗朴素自然，风格清新，属对工整，格律谐和，在初唐风华婉转的绮艳诗歌中别具一格，后代评论家说："此诗格调最清，宜取以压卷。视此,则律中起承转合了然矣。"

文史链接

伯夷叔齐

伯夷叔齐之事迹见于《吕氏春秋·诚廉》《史记·伯夷列传》。据记载,伯夷、叔齐是商末孤竹君的两个儿子。相传其父遗命要立次子叔齐为继承人。孤竹君死后,叔齐让位给伯夷,伯夷不受,叔齐也不愿登位,先后都逃到周国。周武王伐纣,二人曾叩马谏阻。武王灭商后,他们耻食周粟,采薇而食,饿死于首阳山。《论语·公冶长》:"伯夷叔齐不念旧恶,怨是用希。"邢昺疏引《春秋少阳篇》:"伯夷姓墨,名允,字公信。伯,长也;夷,谥。叔齐名智,字公达,伯夷之弟,齐亦谥也。"文人们把他们当做抱节守志的典范。晋陶渊明在其《读史述·九章·夷齐》云:"二子让国,相将海隅。天人革命,绝景穷居。采薇高歌,慨想黄虞。贞风凌俗,爰感懦夫。"

思考讨论

结合颔联、颈联,说说诗人描绘眼前秋景图时对光与色、近景与远景、动态与静态是作如何处理的。

和晋陵陆丞早春游望[1]

杜审言[2]

独有宦游人[3],偏惊物候新[4]。
云霞出海曙[5],梅柳渡江春。
淑气催黄鸟[6],晴光转绿[7]。
忽闻歌古调[8],归思欲沾巾[9]。

注释

[1]《千家诗》误作《和晋陵陆丞相早春游望》。和:以诗歌酬答,依照别人诗词的题材、韵脚或体裁作诗词。晋陵:县名,唐代属江南东道毗陵郡,现在江苏常州。陆丞:姓陆的县丞,作者的友人,其名不详。诗人与陆丞早春春游,陆写有《早春游望》一诗,诗人遂以此诗相和。　　[2]杜审言(约公元645—708年):字必简,祖籍襄阳(今属湖北),迁居河南巩县,杜甫祖父。高宗咸亨进士,中宗时,因与张易之兄弟交往,被流放峰州。曾任隰(xí)城尉、洛阳丞等小官,累官修文馆直学士。少与李峤(qiáo)、崔融、苏味道齐名,称"文章四友",晚期和沈佺期、宋之问相唱和,是唐代近体诗的奠基人之一。作品多朴素自然,其五言律诗,格律严谨。杜甫在诗法上颇受其影响,曾自豪地宣称"吾祖诗冠古"。
[3]宦游:离家在外地做官。　　[4]物候:自然界万物随季节气象转换而发生的变化。　　[5]曙:日出破晓。　　[6]淑气:温

暖的气候。　　[7]晴光:即春光。:植物名。多年生草本,生浅水中,叶有长柄,也称田字草。　　[8]古调:古时的传统曲调,这里指陆丞所写的《早春游望》诗。　　[9]归思:归乡的念头。

赏析

　　诗人以清丽明快的语言描绘了江南明媚的春景,表现出了宦游在外的诗人对物候变化的敏锐感受,也触发了诗人深切的思乡之情。诗歌一开篇就用了"独有""偏惊"的口吻,表现出他宦游江南的矛盾心情。也只有漂泊在外的人,才会如此敏感,一切物候之变化很容易就触动他们敏感的神经。颔联、颈联紧承上句,道出了所"惊"之"新"。新春伊始,太阳从海面上喷薄而出,映红了漫天的云朵,好似这云朵也是从海上升腾起来的,写来壮丽磅礴,与李白"明月出天山"境界相似。梅柳之开花发芽似乎要比江北早,所以一个"渡"就把江南早春的情态生动地写了出来。颈联之"淑气催黄鸟"化用西晋诗人陆机《悲哉行》,诗中有云:"蕙草饶淑气,时鸟多好音。"而这温暖的春天气候似乎也在催促着枝上的黄莺早鸣,突出了江南春鸟欢鸣之情景。"晴光转绿"则化用江淹《咏美人春游》中之"江南二月春,东风转绿"句,暗示出草在和煦晴朗的春光中转绿,给诗人带来了无限的惊喜。在这无限的惊喜之中,诗人以"忽闻"这样意外的语气一转,巧妙地揭示出了陆丞的《早春游望》触痛了诗人的思归之念,因而不觉流下泪来。

　　全诗对仗工整,结构井然有序,所写之江南春景历历如画,清新明丽,但其中隐隐可见诗人凄清的思绪和淡然的情调。

文史链接

池塘生春草,园柳变鸣禽

谢灵运《登池上楼》之"池塘生春草,园柳变鸣禽"与杜审言《和晋陵陆丞早春游望》之"淑气催黄鸟,晴光转绿"有异曲同工之妙,但比较起来,谢诗自然流畅,杜诗却有锤炼之痕迹。难怪金代元好问《论诗绝句》以"池塘春草谢家春,万古千秋五字新"二句论谢灵运,谓其"池塘生春草"历万古千秋而光景常新。元好问的这两句诗,正可用作对这二句的千古定评,我们从中也可见出这两句诗在诗史上的重要影响。"池塘生春草,园柳变鸣禽"是诗人从冬去春回的众多景象中选择的一个细小而典型的镜头:不知不觉间,楼外枯草瑟瑟的池塘里竟然春草繁生了;小园垂柳丛中禽鸟鸣声也已变换。正是从池塘小园的变化中,久病的诗人突然意识到,外面已是一派浓郁的春意。这里写景,有声有色,远近交错,充满了蓬勃生气。"池塘"二句为历来诗论家交口赞赏。它的妙处就在于自然清新,不假绳削。

思考讨论

《和晋陵陆丞早春游望》一诗中动词的运用,显现出诗人锤炼之功夫,请举例分析。

送杜少府之任蜀州[1]

王 勃[2]

城阙辅三秦[3],风烟望五津[4]。
与君离别意,同是宦游人[5]。
海内存知己[6],天涯若比邻[7]。
无为在歧路[8],儿女共沾巾[9]。

注释

[1]《千家诗》题作《杜少府之任蜀州》。少府:唐朝对县尉的通称,地位仅次于县令,掌一县治安。之任:赴任。蜀州:今四川省。　[2]王勃(公元650—约676年):字子安,绛州龙门(今山西河津)人,出身望族,其祖父为隋大儒王通(隋末著名学者,号文中子)。王勃未成年即被司刑太常伯刘祥道赞为神童,向朝廷表荐,对策高第,授朝散郎,曾补虢州参军,因擅杀官奴当诛,遇赦除名,他的父亲亦受连累被贬为交趾令。后来王勃南下交趾探亲,渡海溺水,惊悸而死,时年27岁。著有《滕王阁序》。王勃的文学主张崇尚实用,当时文坛盛行以上官仪为代表的诗风,"争构纤微,竞为雕刻","骨气都尽,刚健不闻",王勃"思革其弊,用光志业"(杨炯《王勃集序》)。他创作"壮而不虚,刚而能润,雕而不碎,按而弥坚"的诗文,对转变风气起了很大作用。王勃的诗风也受到了王绩的影响,在扭转齐梁余风,开创唐诗上的功劳尤大。

[3]城阙：本指皇宫门前的望楼，这里指代唐朝都城长安。辅：拱卫，护卫。三秦：本指长安附近的关中地区。秦亡后，项羽三分秦故地关中为雍、塞、翟三国，因此关中又称"三秦"。　　[4]风烟：风光烟色。这里指美好的景色。五津：指四川岷江从灌县到犍县的五个渡口，即白华津、万里津、涉头津、江南津、江首津。
[5]宦游：离家在外地做官。　　[6]海内：四海之内，犹言天下。古代人认为我国疆土四周环海，所以称天下为四海之内。知己：知心朋友。比邻：近邻。　　[7]天涯：天边，这里形容极远的地方。　　[8]无为：无须，不必。歧路：岔路，分手的地方。
[9]儿女：离别的男男女女。

赏析

　　这是王勃供职长安时所写的一首送别诗，一洗送别诗的伤感与愁苦之态，体现出高远的志趣和旷达的胸怀。

　　首联从送别之地与送别的目的地写起，高远阔大，发端不凡。从长安到蜀川五津之风光烟色，诗人用一"望"字连接，举目千里，可谓别情无极。这是诗人运用想象的手法抒发依依惜别之情。杜甫《秋兴八首》中之"瞿塘峡口曲江头，万里风烟接素秋"亦用这一种超越视力所及的想象手法。颔联对仗虽较为疏散，但一脉贯下，使人增添无限凄恻。你我都是在外宦游之人，漂泊江湖，行无定所，本来就很失落伤感，而如今又在客居之地分别，这就更增添了二人悲凉的意绪。颈联二句突然振起，化用曹植《赠白马王彪》中之"丈夫志四海，万里犹比邻"，融入了男儿志在四方之意，将上一联那种凄凉的意绪洗得荡然无存。"四海之内皆兄弟"，到处都

第三章　五言律诗 | 097

是知心的朋友，你我虽远隔天涯海角，但心无远近，不受时空之阻隔，彼此之间还像邻居那样亲近。尾联紧承颈联，似有劝说叮咛之意，好似瀑布下落流入曲涧，变得舒缓起来。我们不必像那些临别时的男男女女，挥泪作别，恋恋难舍，显现出了诗人豁达的胸襟和不俗的气度。全诗一洗离别时那种"黯然销魂"的悲楚之态，音调响亮，章法整饬，跌宕顿挫，别有意趣。

文史链接

初唐四杰

　　初唐文学家王勃、杨炯、卢照邻、骆宾王合称"初唐四杰"。《旧唐书·杨炯传》说："杨炯与王勃、卢照邻、骆宾王以文诗齐名，海内称为王杨卢骆，亦号为'四杰'。"四杰的诗文虽未脱齐梁以来绮丽余习，但已初步扭转文学风气。王勃明确反对当时"上官体""思革其弊"，得到卢照邻等人的支持。

　　"四杰"的诗歌，从宫廷走向人生，题材较为广泛，风格也较清俊。卢、骆的七言歌行趋向辞赋化，气势稍壮；王、杨的五言律绝开始规范化，音调铿锵。骈文也在词采赡富中寓有灵活生动之气。陆时雍《诗镜总论》说："王勃高华，杨炯雄厚，照邻清藻，宾王坦易，子安其最杰乎？调入初唐，时带六朝锦色。""四杰"正是初唐文坛上新旧过渡时期的人物。其中王勃诗文名句流传极广，像"海内存知己，天涯若比邻"等佳句都是公认的唐诗佳制，而"落霞与孤鹜齐飞，秋水共长天一色"更是千古绝唱。杜甫在其《戏为六绝句》(其二)中赞赏"四杰"的诗文是"不废江河万古流"。

思考讨论

王勃《送杜少府之任蜀州》一诗既展现了离别时的情意,又具有深刻的哲理、开阔的意境、高昂的格调,不愧为古代送别诗中的上品。此诗中哪一句体现出了深刻的哲理?试分析。

幽州夜饮[1]

张　说[2]

凉风吹夜雨，萧瑟动寒林。
正有高堂宴[3]，能忘迟暮心[4]？
军中宜剑舞[5]，塞上重笳音[6]。
不作边城将，谁知恩遇深[7]。

注释

[1]幽州：古州名。境辖今北京、河北一带。　　[2]张说(公元667—730年)：字道济，一字说之，洛阳人。永昌元年举贤良方

正,授太子校书郎。因不肯依附张易之兄弟,忤旨,被流放钦州。曾历武后、中宗、睿宗、玄宗四朝。玄宗时为尚书左丞相,封燕国公。文笔雄健,才思敏捷,朝廷重要文诰,多出其手,与许国公苏颋并称"燕许大手笔"。尤其擅长碑文、墓志的写作,其诗主要是应制奉和之作,被贬岳阳时的作品中有不少佳作。　　[3]高堂宴:在高大的厅堂摆设宴席。　　[4]迟暮:衰老,晚年。屈原《离骚》:"惟草木之零落兮,恐美人之迟暮。"心:心境,心绪。[5]宜:应当。剑舞:舞剑。《史记·项羽本纪》:"(项)庄则入为寿。寿毕,曰:'君王与沛公饮,军中无以为乐,请以剑舞。'项王曰:'诺。'项庄拔剑起舞。"　　[6]重:看重,重视。笳:即胡笳,中国古代北方民族吹奏的一种乐器,流行于北方和西域一带。[7]恩遇:此指皇帝的恩宠。高适《燕歌行》:"身当恩遇常轻敌,力尽关山未解围。"

赏析

　　此诗作于张说任右羽林将军检校幽州都督(都督府设在幽州范阳郡,即今津蓟县)时,描绘了凄凉萧瑟的秋景和诗人在幽州任上与将士夜饮的情态,字里行间充满了一种悲壮激愤之情。

　　首联紧扣诗题"夜饮",给人阵阵寒意,使全诗笼罩在悲壮苍凉的氛围之中。诗人在这样凄风苦雨、寒林萧瑟的情境下与众将士夜饮,其心中之悲慨与愁怨自不必细说。第二联"正有高堂宴"中之"正有"写出了将士们背井离乡、苦中作乐的情形,"能忘"是"岂能忘",岁月骎骎易逝,诗人却不能建功立业,反而被贬边塞,这一联中充满了诗人壮志难酬、报国无门的无限感慨。颈联"军中宜剑舞,塞上重笳音",军中本应以剑舞为乐,写出了夜饮时慷慨热烈的气氛,但随着一声声凄凉悲壮的笳声,席间的欢乐骤然消失,诗人的心情也随之低沉下来。塞外本是边防之地,此时又与诗人远戍之苦、迟暮之心,还有这凄清的笳声交织在一起,更加显得失落悲凉。尾联陡然一转,将上述悲怨一扫而光,转而感激皇上的恩遇,如果我不做边城的将领,也不会亲眼看到夜雨痛饮、剑舞悲歌的慷慨激昂的场面。诗人表面虽这样说,但托意深婉,曲折含蕴,暗含着一种怨愤之情。

全诗质朴刚健,无一丽字驱使,但写来郁勃深沉,令人感叹不已。

文史链接

燕许大手笔

"燕许"又称"苏张",指唐作家张说、苏颋。张说封燕国公,苏颋封许国公。《新唐书·苏傀滔传》载,苏颋自景龙后,与张说以文章显,称望略等,故时号"燕许大手笔"。二人主张"崇雅黜浮",以矫正陈、隋以来的浮丽风气,讲究实用,重视风骨。但其文章内容狭窄,骈文习气很重。张长于碑志,风格雄壮。其为诗有法,晚谪岳阳,诗益动人,人谓得江山之助,较苏成就大。散文成就上,他们二人开启了由骈趋散、清拔宏丽的一代新风,为中唐古文运动提供了有益的艺术借鉴。唐元稹《代典江老卜百韵》诗:"李杜诗篇敌,苏张笔力匀。"

思考讨论

　　大致说来,盛唐边塞诗有两种:一种表现了从军将士不畏边塞艰苦,志在建功立业的英雄主义精神;一种则揭露了将士之间苦乐不均的现象,表现了征人们怀土思家的情绪。结合本诗注解,说说张说《幽州夜饮》所表达的思想感情。

临洞庭[1]

孟浩然[2]

八月湖水平[3],涵虚混太清[4]。
气蒸云梦泽[5],波撼岳阳城[6]。
欲济无舟楫[7],端居耻圣明[8]。
坐观垂钓者,徒有羡鱼情[9]。

注释

[1]诗题宋本作《岳阳楼》,明代各本作《临洞庭》,一作《望洞庭湖赠张丞相》或《临洞庭赠张丞相》。洞庭:即洞庭湖,为我国第二大淡水湖,位于湖南北部,长江荆江河段以南。　　[2]孟浩然(公元689—740年):字浩然,襄州襄阳(今湖北襄阳)人,世称"孟襄阳"。早年隐居鹿门山。40岁漫游京师,应进士不第,返襄阳。在长安时,与张九龄、王维交谊甚笃。后漫游吴越,穷极山水,以排遣仕途的失意。其诗绝大部分为五言短篇,多写山水田园和隐逸、行旅等内容。与王维并称"王孟"。李白《赠孟浩然》中称赞他"红颜弃轩冕,白首卧松云。高山安可仰,徒此揖清芬"。
[3]湖水平:湖水与岸平齐。　　[4]涵虚:包含太空。形容湖面很广,可以包容整个天空。混:同。太清:天的代称。　　[5]气蒸:水面上云气蒸腾。云梦泽:古代的湖泽名,在今湖北南部,湖南北部。云泽在长江北部,梦泽在长江南部,今多为陆地。

[6]波撼:波涛汹涌,直可撼动岳阳城。　　[7]济:渡。舟楫:船桨。　[8]端居:安居,闲居。耻:感到羞耻。圣明:皇帝圣哲贤明。　[9]羡鱼情:喻自己意欲出仕的愿望,但无人引荐。

赏析

　　这是一首干谒诗。诗人写诗赠与张九龄,目的是想得到张的赏识和录用,全诗委婉含蓄,极力泯灭干谒的痕迹。

　　首句起笔高妙,写出了洞庭湖烟波浩渺、水光接天的壮观景象,水与岸齐平,茫茫无际,好似包含了整个天空,使人顿生空阔壮伟之感。颔联写出了洞庭湖云气蒸腾,波涛汹涌的磅礴景象,俨然在目,使人不由得想起王维的诗句:"郡邑浮前浦,波澜动远空。"颔联中"蒸""撼"二字运用之妙就在于它能把湖水之动态描绘得生动形象、栩栩如生,读后旷然如目前,我们可以想见湖面上云气升腾之情景,似乎要吞没云梦二泽。那翻滚的波涛,汹涌澎湃,直欲摇撼岳阳城。颈联、尾联写自己面对着广袤无垠的洞庭湖,欲渡而无舟楫,希望得到荐引,圣明时代而无建树,内心感到羞愧,于是便坐在湖边闲看那些垂钓之人,却白白地产生羡慕之情。尾联化用《汉书·董仲舒传》中"临渊羡鱼,不如退而结网"句,表明自己想要干一番事业,担心无人引荐的复杂心情,同时也流露出诗人对圣明时代竟弃贤才不用的暗讽。清人沈德潜在《唐诗别裁》卷九中曾说:"读此诗知襄阳非甘隐遁者。"可谓看出了孟浩然内心希望得到赏识引荐的迫切心情。

　　全诗借临洞庭湖委婉曲折地诉说着诗人的心迹,构思精巧,含蓄蕴藉,是唐人干谒诗中的名篇。

文史链接

干谒诗

干谒诗是古代文人为推销自己而写的一种诗歌,类似于现代的自荐信。一些文人为了求得进身的机会,往往十分含蓄地写一些干谒诗,向达官贵人呈献诗文,展示自己的才华与抱负,以求引荐。

干谒诗是时代和历史相互作用的产物,一方面,士子们以之铺垫进身的台阶,因而言词颇多限制,作起来往往竭尽才思;另一方面,由于阅读对象或为高官显贵,或为社会贤达,干谒诗大多表现出含蓄的美学特征。

唐代诗人朱庆余在临考前给水部员外郎张籍写了一首七言绝句《近试上张水部》:"洞房昨夜停红烛,待晓堂前拜舅姑。妆罢低眉问夫婿,画眉深浅入时无?"洞房花烛夜后,早晨要拜见公婆,精心梳妆,羞问夫婿,眉毛画得深浅合不合时宜?此诗借新婚之后的脉脉情事,把自己比喻成即将拜见公婆的新媳妇,把张水部比喻成舅姑(公婆),探听虚实,比喻通俗贴切,别出心裁。张籍看过,大为赏识,回诗一首《酬朱庆余》:"越女新妆出镜心,自知明艳更沉吟。齐纨未是人间贵,一曲菱歌敌万金。"诗歌仍以比喻作答,把朱庆余比作"越女",把他的诗比作"菱歌",用"一曲菱歌敌万金"表明对其才华的赏识。

> **思考讨论**
>
> 孟浩然《临洞庭》诗中"气蒸云梦泽,波撼岳阳城"与杜甫《登岳阳楼》诗中"吴楚东南坼,乾坤日夜浮"都是描写洞庭湖的名句,请仔细品味。

次北固山下[1]

王 湾[2]

客路青山外[3],行舟绿水前。
潮平两岸阔,风正一帆悬[4]。
海日生残夜[5],江春入旧年[6]。
乡书何由达[7],归雁洛阳边[8]。

注释

[1]次:停留。北固山:位于今江苏镇江北,三面临长江,与焦山、金山并称京口三山。　　[2]王湾:生卒年不详。字为德,洛阳人。玄宗先天年间进士及第,授荥阳县主簿。开元五年(公元

717年)唐朝政府编次官府所藏图书,九年书成,名为《群书四部录》。王湾由荥阳主簿受荐编书,参与集部的编撰辑集工作,书成后,因功授任洛阳尉。博学工诗,诗虽流传不多,但其写景之作,往往气象高远,情景交融,为后人所称道。　　[3]客路:大路,旅途。　　[4]风正:顺风。　　[5]海日:从海上升起的太阳。残夜:夜将尽而未尽的时候,犹言天亮破晓之时。　　[6]江春:新年未到,沿江一带充满了春天的气息。入旧年:旧年未去,春天早到。　　[7]乡书:家信。何由达:由谁来传递。　　[8]归雁:大雁每年秋天飞往南方,春天飞往北方。古代有用大雁传递书信的传说。《汉书·苏武传》记载:"数月,昭帝即位。数年,匈奴与汉和亲。汉求武等,匈奴诡言武死。后汉使复至匈奴,常惠请其守者与俱,得夜见汉使,具自陈道。教使者谓单于,言天子射上林中,得雁,足有系帛书,言武等在某泽中。"

赏析

　　这是一首羁旅行役类的诗歌。诗人借对江南春景的描写,流露出客子在外的淡淡思乡之情。全诗意境高朗,情景交融,是千古传颂的名篇。其中"潮平两岸阔,风正一帆悬""海日生残夜,江春入旧年"是备受称赞的名句。

　　首联"客路""行舟"写出诗人羁旅漂泊之苦,如今乘舟停泊在这北固山下,眼前山青水碧,春意萌动。诗人放眼望去,只见春潮涌涨,烟波浩渺,似乎已与两岸齐平,诗人之视野也因而开阔。江面上一帆高悬,在顺风中缓缓驶远。颈联"海日生残夜,江春入旧年"被明代胡应麟赞为"形容景物,妙绝千古"。唐末诗人郑谷说

"何如海日生残夜,一句能令万古传",表达出极度钦羡之情。诗人在夜将尽未尽时,看到一轮红日从海面上冉冉升起,此时旧年未去,江边却充满春意,字里行间表现出一种壮阔高朗的意境。然而就在这匆匆交替的时序变换中,身在"客路"的诗人顿生思乡之情。"乡书何由达"承上而来,这时序交替中的景物,不仅暗示着时光的流逝,也牵动了诗人思乡的情绪,因此诗人希望归雁能为自己传递思乡的书信。全诗首尾固然遥相呼应,若没有中间两句衬托,整首诗就不会如此丰满、贯通而别有意趣。

文史链接

鸿雁传书

汉武帝时,使臣苏武被匈奴拘留,并押在北海苦寒地带多年。后来,汉朝派使者要求匈奴释放苏武,匈奴单于谎称苏武已死。这时有人暗地告诉汉使事情的真相,并给他出主意让他对匈奴说:汉皇在上林苑射下一只大雁,这只雁足上系着苏武的帛书,证明他确实未死,只是受困。这样,匈奴单于只得把他放回汉朝。从此,"鸿雁传书"的故事便流传成为千古佳话。鸿雁,也就成了信差的美称。后人在诗中多用此典实。如"鸿雁几时到,江湖秋水多"(杜甫《天末怀李白》),"朔雁传书绝,湘篁染泪多"(李商隐《离思》)等。

后人又以雁写思,如"人归落雁后,思发在花前"(薛道衡《人日思归》)。早在花开之前,就起了归家的念头,但等到雁已北归,人还没有归家。诗人在北朝做官时,出使南朝陈,写下这思归的诗句,含蓄婉转。此外还有"残星数点雁横塞,长笛一声人倚楼"(赵嘏《长安秋望》),"夜闻归雁生相思,病入新年感物华"(欧阳修《戏答元珍》)等。

思考讨论

《次北固山下》中之"海日生残夜,江春入旧年"一联历来为诗家所称扬,其中蕴涵着具有普遍意义的生活哲理,给人乐观、积极向上的力量。请结合全诗分析。

终南山[1]

王　维

太乙近天都[2]，连山到海隅[3]。
白云回望合，青霭入看无[4]。
分野中峰变[5]，阴晴众壑殊[6]。
欲投人处宿[7]，隔水问樵夫[8]。

注释

　　[1]终南山：在陕西长安南五十里，秦岭主峰之一。
　[2]太乙：又名太一，终南山别名。《元和郡县志》："终南山在县

(京兆万年县)南五十里。按经传所说,终南山一名太一,亦名中南。"天都:天帝居所,这里指长安。　　[3]海隅:海边。其实终南山并不到海边,这是夸张的说法。　　[4]青霭:青色的云气。入:接近,进入。　　[5]分野:古人以天上的二十八个星宿的位置来区分中国境内的地域,被称为分野。地上的每一个区域都对应星空的某一处分野。中峰:最高处。　　[6]壑(hè):山谷。殊:不同。　　[7]人处:有人烟处。　　[8]樵夫:砍柴的人。

赏析

　　此诗大约作于唐玄宗开元、天宝初,此时王维在终南别业过着亦官亦隐的生活。诗人以凝练而夸张的笔法写出了终南山的巍峨壮美,可谓传神写照。

　　首联运用夸张的手法写远景,突出山之主峰高耸接天以及山势连绵不断,二者均非视力所及。颔联将视线拉回,描写近景。诗人行走于终南山中,仿佛穿梭于白云之间,当他回头远望时,前行所分开之白云在身后好像又合拢起来,汇成一片苍茫的云海。远望所见之青色云气,等到走近时却无法看到,真是可望而不可即。这样明灭有无的变化,恐怕只有诗人才能完全体会到了。这一联中,诗人移步换景将所见所感形象地描绘出来,凸显出诗人高妙的艺术才能。颈联写诗人登上中峰之后纵目所览,以一峰之隔便分野不同,来反衬终南山之宏伟壮大,其后以众壑阴晴不同、气象万千来表现千岩万壑的形态。面对如此景象,诗人欲入山穷胜,投宿人家,于是便有了"隔水问樵夫"之句。对于尾联,历来有不同理解,有些人认为它与前三联不统一、不相称,破坏了诗歌整

第三章　五言律诗 | 113

体的美感。王夫之曾辩解说:"'欲投人处宿,隔水问樵夫',则山之辽廓荒远可知,与上六句初无异致,且得宾主分明。"(《姜斋诗话》卷二)沈德潜也说:"或谓末二句与通体不配。今玩其语意,见山远而人寡也,非寻常写景可比。"(《唐诗别裁》卷九)

有所感受,却不能形象生动地表达出来,这不是诗人。诗人所具备的质素是能将自己的所感淋漓尽致地表现出来,而且能够使读者为之感动,即"能感之",还"能写之"。本诗中写景、写人、写物,善于"以少总多",写来有声有色,新意迭出,将最具美感的镜头深深地印在读者的脑海之中。这正体现了王维"诗中有画,画中有诗"的本色。

文史链接

唐代诗人的称号

"诗仙"李白。其诗想象丰富奇特,风格雄浑奔放,色彩绚丽,语言清新自然。

"诗圣"杜甫。其诗紧密结合时事,思想深厚,境界广阔。

"诗豪"刘禹锡。其诗沉稳凝重,格调自然,格律粗切。白居易赠他"诗豪"的美誉。

"诗佛"王维。这一称谓除了因王维诗歌中的佛教意味和王维的宗教倾向之外,也表达了后人对王维在唐代诗坛崇高地位的肯定。

"诗魔"白居易。白居易写诗非常刻苦,正如他自己所说:"酒狂又引诗魔发,日午悲吟到日西。"过分的诵读和书写,竟到了口舌生疮、手指成胝的地步,所以人称"诗魔"。

"诗鬼"李贺。其诗善于熔铸词采,驰骋想象,运用神话传说创造出璀璨多彩的鲜明形象。

"诗囚"孟郊、贾岛。两人作诗苦心孤诣,惨淡经营,以苦吟著称,被元好问称为"诗囚"。

思考讨论

结合诗歌,仔细品味颔联"白云回望合,青霭入看无"中"回望合""入看无"之妙用。

过香积寺[1]

王 维

不知香积寺,数里入云峰[2]。
古木无人径,深山何处钟。
泉声咽危石[3],日色冷青松[4]。
薄暮空潭曲[5],安禅制毒龙[6]。

注释

[1]过:访问。香积寺:一名开利寺,在今陕西西安城南30余里。寺名的来历有两种说法,一说唐代寺旁有香积堰水流入长安城内,另一说来源于佛经"天竺有众香之国,佛名香积"。
[2]云峰:云雾缭绕的山峰。 [3]咽:呜咽。这句犹言泉水在高险的岩石间,发出呜咽之声。 [4]日色冷青松:树木葱郁茂密,连照到松树上的日光也似乎带有寒意。 [5]薄暮:傍晚,太阳快要落山的时候。空潭:平静的水潭。曲:弯曲的水边。
[6]安禅:僧人坐禅时,身心晏然入于禅定的状态。毒龙:佛经故事中凶猛的动物。这里比喻邪妄之欲念。《涅槃经》记载:"但我住处有一毒龙,想性暴急,恐相危害。"

赏析

全诗借香积寺幽邃寂静的环境表达了诗人对佛教生活的向往。首联诗人由"不知"而去拜访,流露出他对于深山古寺的向往之情。行至数里,便来到云雾缭绕的山峰之下,而香积寺就坐落在这座高峰之上。接下来两联写诗人行进在古木丛林中的所见所闻。丛林中竟连人行的小路都难以找到,此时不知又从哪里传来隐隐的钟声,声声回荡在空谷丛林之中,越发衬托出山林的寂静,此与"鸟鸣山更幽"句异曲同工。颈联构思奇妙、炼字精巧。诗人运用倒装句强调呜咽之泉声和清冷之日色,可谓有声有色。而一"咽"一"冷"运用得恰到好处,将泉水在高山危石之间不能顺畅流淌而发出痛苦呜咽之声响,描绘得逼真入耳。树木葱郁茂密,连照到松树上的日光也描绘得似乎带有一些冷意。这一联的描摹更加显出寺庙所在环境的幽冷。诗人寻径穿幽,在黄昏时分终于来到寺前之水潭边,面对这空阔幽静的水潭,诗人不禁想起佛经中摄入禅定制服毒龙的故事,一位高僧在空潭之上进入禅定,致使毒龙浮出水面悔过自新,不再危害人间,进而表现出诗人对于禅悦生活的向往,结尾之"安禅制毒龙"是诗人心迹的自然流露。

全诗由远到近、由景入情,写来情思细微,有声有色,字里行间渗透着一种恬淡幽寂的氛围。

文史链接

禅 宗

禅宗,又称宗门,主张修习禅定,故名禅宗。禅宗为汉传佛教宗派之一,始于菩提达摩,盛于六祖惠能,中晚唐之后成为汉传佛教的主流,也是汉传佛教最主要的象征之一。汉传佛教宗派多来自于印度,但唯独天台宗、华严宗与禅宗,是由中国独立发展出的三个本土佛教宗派。其中又以禅宗最具独特的性格。其核心思想为"不立文字,教外别传;直指人心,见性成佛",代表作为《六祖坛经》。禅是禅那的简称,汉译为静虑,是静中思虑的意思,一般叫做禅定,此法是将心专注在一法境上一心参究。

思考讨论

王维有一首《秋夜独坐》,是禅诗的名篇,诗云:"独坐悲双鬓,空堂欲二更。雨中山果落,灯下草虫鸣。白发终难变,黄金不可成。欲知除老病,唯有学无生。"整首诗写出一个思想觉悟即禅悟的过程。请结合《过香积寺》一诗品味之。

送友人[1]

李 白

青山横北郭[2],白水绕东城[3]。
此地一为别,孤蓬万里征[4]。
浮云游子意[5],落日故人情[6]。
挥手自兹去[7],萧萧班马鸣[8]。

注释

[1]本诗作于唐玄宗天宝末年(约公元754年),李白在安徽宣城与友人赠别;一说作于唐玄宗开元二十六年(公元738年),李白漫游江淮时。　[2]郭:外城,古代在城的外围加筑的一道城墙。郭外为郊,郊外为野。　[3]白水:清澈的水流。[4]孤蓬:飞蓬,枯后根易折断,随风飞旋,这里用以比喻漂泊在

外、行踪不定的友人。一作"孤篷",即孤帆。征:远征,远行。
[5]游子:离家远游、旅居他乡的人,此指诗人的朋友。　　[6]故人:老朋友,此是诗人自指。　　[7]自兹去:从此离开。兹,此。
[8]萧萧:马鸣声。班马:离群的马。这里指临别的马。班,分开,分别。

赏析

　　这是一首感人肺腑的送别诗。首联就以对仗切入,工整朗丽,别有意趣。诗人与友人并辔而行,将友人送出城外。只见苍翠的青山横亘在外城的北面,默默无语;明澈的溪水环绕着东城,潺潺流淌。这一切的图景渲染了离别的氛围,仿佛这默默的青山、淙淙的流水都蕴涵着依依惜别之意。中间两联写离别之情,颔联之"此地一为别,孤蓬万里征"写诗人想象友人离别后犹如飘蓬断梗,行踪不定,表达了对友人漂泊江湖的深切关怀。此联不拘泥于对仗,写来舒畅自然。颈联之"浮云"、"落日"是诗人撷取眼前所见之景来表明自己的心意。友人的远行就像天空中的行云任意东西,飘忽不定;那冉冉而下不忍与大地骤别的落日正好似我对你的眷恋难舍之情,可谓景中含情,情景交融。尾联情真意切,写出了别时的无限留恋与伤感。送君千里,终须一别。是该到分手的时候了,此地挥手一别,不知何时再能相见。此时,就连两匹马也禁不住离别的伤感而作萧萧长鸣,更加衬托出送别时的难舍难分。

　　全诗清丽明畅,气韵生动,写眼前之景,寄惜别之情,一脉贯下,毫无斧斫之痕,显现出诗人杰出的艺术才能。

文史链接

李白的送别诗

李白的送别诗写来情感真挚,动人肺腑。这一篇《送友人》之外,尚有《赠汪伦》《宣州谢朓楼饯别校书叔云》《送友人入蜀》等名篇。其《宣州谢朓楼饯别校书叔云》历来为诗论家称扬,诗云:"弃我去者昨日之日不可留,乱我心者今日之日多烦忧。长风万里送秋雁,对此可以酣高楼。蓬莱文章建安骨,中间小谢又清发。俱怀逸兴壮思飞,欲上青天览明月。抽刀断水水更流,举杯消愁愁更愁。人生在世不称意,明朝散发弄扁舟。"自然与豪放两相结合的语言风格,在这首诗里也表现得十分突出。须有李白这样阔大的胸襟抱负、豪放坦率的性格、高度驾驭语言的能力,才能达到豪放与自然和谐统一的境界。

《千家诗》亦选入李白《送友人入蜀》一诗,诗云:"见说蚕丛路,崎岖不易行。山从人面起,云傍马头生。芳树笼秦栈,春流绕蜀城。升沉应已定,不必问君平。"这首诗风格清新俊逸。诗的中间两联对仗非常精工严整,颔联语意奇险,极言蜀道之难,颈联忽描写纤丽,又道风景可乐,笔力开阖顿挫,变化万千。尾联以议论作结,借用蜀地隐士严君平的典故,婉转地启发友人不要沉迷于功名利禄之中,可谓谆谆善诱,凝聚着深挚的情谊,而其中又不乏自身的身世感慨,可谓语短情深,韵味悠长。

思考讨论

李白《赠汪伦》诗云:"李白乘舟将欲行,忽闻岸上踏歌声。桃花潭水深千尺,不及汪伦送我情。"说说这一送别诗的抒情特点。

秋登宣城谢朓北楼[1]

李 白

江城如画里[2],山晚望晴空[3]。
两水夹明镜[4],双桥落彩虹[5]。
人烟寒橘柚,秋色老梧桐。
谁念北楼上,临风怀谢公[6]。

注释

[1]宣城:唐代宣州治所,在今安徽水阳江西岸。谢朓北楼:即谢朓楼,又称谢公楼。为谢朓任宣城太守时所建,位于宣城附近陵阳山顶,是宣城的登览胜地。谢朓,南齐著名山水诗人,曾任宣城太守,后被诬下狱死。　[2]江城:水边之城,这里指宣城。[3]山晚:山色将晚之时。　[4]两水:指环绕宣城的句溪和宛溪。　[5]双桥:指宛溪上凤凰桥与济川桥。　[6]谢公:指谢朓。

赏析

李白在长安为权贵所排挤,政治失意,郁郁不得志,弃官而去,漂泊江湖。天宝十三年(公元754年),李白再度来到宣城,写下这首诗。

诗人在秋天傍晚，独自登上谢朓楼，俯瞰着坐落在江畔的宣城。暮霭岚光、夕阳斜照，秋色宜人，宛在画中。颔联、颈联分别写俯瞰所见的如画之景，朗丽开阔，清澈澄明。从城的东南面和东北面流过的宛溪和句溪，于城下交汇，其所环绕的宣城在秋日波光的映衬下如同明镜一般闪耀出亮丽的光彩。而宛溪上的凤凰、济川两座拱桥，在晚霞波光的映衬下，犹如雨后彩虹倒映在清澈的溪水之中，绚烂夺目，可见诗人想象之奇特。时值傍晚，只见一缕袅袅升起的炊烟渐渐弥漫在山林中；那葱郁的橘柚都已挂上橙黄的果实，在炊烟的弥漫中似乎带有丝丝寒意；梧桐的碧叶也在秋风中渐渐泛黄，显出苍老之色，真是一幅绝佳的秋色图，照应了首句的"江城如画"。而这寒意与秋色，与上一联明丽山水显然形成了一种强烈的反差。这样的景象使诗人内心感慨顿生，不由得联想到自己政治失意的情态。如今诗人来到宣城凭吊谢朓之遗迹，又有谁能了解他的心迹呢？诗人与谢朓虽暌隔千载，可他们的心灵确是遥相应接的。全诗章法整饬，想象奇特，借登览所见寄托自己政治失意彷徨的苦闷之情。

文史链接

谢 朓

谢朓（公元 464—499 年），字玄晖，陈郡阳夏（今河南太康）人，南朝齐时著名的山水诗人，出身世家大族，初任竟陵王萧子良功曹、文学，为"竟陵八友"之一。谢朓与谢灵运同族，世称"小谢"，曾官宣城太守，终尚书吏部郎，又称谢宣城、谢吏部。东昏侯永元初,谢朓遭始安王萧遥光诬陷,下狱死。

今存诗二百余首,其山水诗观察细微,描写逼真,意境新奇,富有情致,风格清俊秀丽,一扫玄言余习,且佳句颇多。如"余霞散成绮,澄江静如练"(《晚登三山还望京邑》)、"天际识归舟,云中辨江树"(《之宣城郡出新林浦向板桥》)、"鱼戏新荷动,鸟散余花落"(《游东田》)等,脍炙人口。李白诗中多有赞颂谢朓之句,如"蓬莱文章建安骨,中间小谢又清发"(《宣州谢朓楼饯别校书叔云》),李白的诗歌创作特别是山水诗就多有学习、借鉴谢朓之处。

思考讨论

李白有一首《谢公亭》,诗云:"谢亭离别处,风景每生愁。客散青天月,山空碧水流。池花春映日,窗竹夜鸣秋。今古一相接,长歌怀旧游。"诗人在怀古的同时也包含着自己的生活感受,请作简要分析。

登兖州城楼[1]

杜 甫[2]

东郡趋庭日[3],南楼纵目初[4]。
浮云连海岱[5],平野入青徐[6]。
孤嶂秦碑在[7],荒城鲁殿余[8]。
从来多古意,临眺独踌躇[9]。

注释

[1]兖(yǎn)州:唐代州名,在今山东省兖州市西。　　[2]杜甫(公元712—770年):字子美,诗中常自称少陵野老。祖籍襄阳(今湖北襄樊),迁居河南巩县。杜审言之孙。早年南游吴越,北游齐赵,开元后科场失利,寓居长安近十年。安史之乱爆发,为叛军所俘,脱险后赴灵武见唐肃宗,被任命为左拾遗。长安收复后,随肃宗还京,寻出为华州司功参军。后来弃官西行,客居秦州,又移家四川,定居成都草堂。在剑南节度使严武幕中任参谋,严授为检校工部员外郎,故世称杜工部。其后严武去世,杜甫移居夔州。后来出三峡,漂泊在湖北、湖南一带,病死于舟中。杜甫历经盛衰离乱,饱受艰难困苦,写出了许多反映现实、忧国忧民的诗篇,诗作被称为"诗史"。　　[3]东郡:即指兖州。《汉书·地理志》:"东郡,秦置……属兖州。"趋庭:《论语·季氏》:"鲤趋而过庭。"意为接受父亲的教诲。这里指杜甫来兖州探望他的父亲。

宋人蔡梦弼曰:"公父闲尝为兖州司马,公时省侍,故有'趋庭'句。"　　[4]南楼:兖州南城楼。纵目:放眼远望。初:首次。
[5]海岱:黄海、泰山。岱,泰山的别称。泰山又称岱宗。
[6]入:延伸。青徐:青州(今山东益都)和徐州(今江苏徐州)。
[7]孤嶂:独立的山峰,指泰山。秦碑:秦代的碑刻。《史记·秦始皇本纪》记载:"二十八年(公元前219年),始皇东行郡县,上邹峄山。立石,与鲁诸儒生议,刻石颂秦德。"　　[8]鲁殿:鲁灵光殿。汉景帝刘启之子鲁恭王在曲阜城所建,旧址在今山东曲阜东二十里。余:残余。　　[9]临眺:登高远望。踌躇:犹豫不决的样子。

赏析

　　此诗前半首写登楼之景,后半首抒怀古之情。首联点题说明此行到兖州之来意,首先是探望在兖州做官的父亲,故有"趋庭"之言。其次是为广见闻而游历学习。颔联写诗人登上兖州南城楼纵目远望所见之景。只见泰岳巍峨,上与浮云相接,广袤的旷野平原一望无垠,一直延伸到青徐二州。诗人无论仰观还是平视,这一"连"一"入",皆展现出了一幅境界高远阔大、气势雄浑壮观的立体图景,使人心胸顿觉爽朗,可谓杜诗中写景之名句。颈联由远而近,写登临所见之历史遗迹——秦碑、鲁殿,进而引发诗人怀古之幽情。此联虽是客观描写,但诗句中"孤"、"荒"、"在"、"余"皆可透露出诗人对历史上下千年盛衰兴亡的感慨。尾联之"从来多古意"紧承上联而来,其中"古意"不仅是诗人登览所见之陈迹而引发的感慨,也有诗人在人生跋涉中所产生的种种悲慨。

此诗作于诗人科举不第之后,此时内心中不免有一些经历挫折后的失落和悲感。结尾之"临眺独踌躇"与首联之"纵目"相互照应,展现出诗人凭高怀古后踌躇沉思的情态。纵览全诗,结构谨严,格律工稳,章法整饬,感慨深沉,不失为登览诗写作和品鉴的范例。

文史链接

杜甫《望岳》

杜甫五律《望岳》一诗与其《登兖州城楼》同是第一次游齐赵时所作,二者为杜诗中登览诗的佳作。《望岳》云:"岱宗夫如何?齐鲁青未了。造化钟神秀,阴阳割昏晓。荡胸生曾云,决眦入归鸟。会当凌绝顶,一览众山小。"此诗通过描绘泰山雄伟磅礴的气象,热情赞美了泰山高大巍峨的气势和神奇秀丽的景色,流露出了对祖国山河的热爱之情,表达了诗人不怕困难、敢攀顶峰、俯视一切的雄心和气概,以及卓然独立、兼济天下的豪情壮志。尾联"会当凌绝顶,一览众山小",表达了作者敢于攀登人生顶峰的伟大抱负和昂扬向上、积极进取的人生态度,与王安石的"不畏浮云遮望眼,自缘身在最高层"和孔子的"登东山而小鲁,登泰山而小天下"有异曲同工之妙。

思考讨论

杜审言有《登襄阳城》,诗云:"旅客三秋至,层城四望开。楚山横地出,汉水接天回。冠盖非新里,章华即旧台。习池风景异,归路满尘埃。"后人评价说杜甫《登兖州城楼》"实本于其祖"。仔细品味这两首诗的章法结构。

春宿左省[1]

杜 甫

花隐掖垣暮[2],啾啾栖鸟过[3]。
星临万户动[4],月傍九霄多。
不寝听金钥[5],因风想玉珂[6]。
明朝有封事[7],数问夜如何[8]。

注释

[1]宿:值夜。左省:即左掖(见第 21 页注释[1])。杜甫时任左拾遗,属门下省,办公之地在皇宫东面,故称"左省"。
[2]掖垣:皇宫的旁垣,偏殿的短墙。门下省和中书省位于宫墙的两边。　[3]啾啾:鸟鸣声。　[4]星临:星光下照。动:星斗灿然欲动。　[5]金钥:本指门上的钥匙,这里指开宫门的钥匙声。　[6]玉珂:马的装饰物。　[7]封事:臣下上书奏事,为

防泄露机密,以袋密封,因此得名。　　［8］数(shuò)问:屡次地问。夜如何:夜色将尽了吗?

赏析

此诗作于唐肃宗乾元元年(公元758年),时肃宗自凤翔还京,杜甫官左拾遗,全诗写诗人在左省夜值时所见所闻及其感受,表达了他忠于职守、为官勤勉、一心为国的执著理念。

首联描写值夜时所见之左省的景色,紧扣题旨,写来真切自然。偏殿短墙下盛开的花朵在黄昏的微光中隐约可见,天空中一群倦鸟飞鸣而过将要栖息还巢。随着时间的推移,逐渐入夜,诗人在夜色中仰望星空,只见群星隐耀,就连地面上宫殿的千门万户似乎都在闪动。宫殿巍峨高耸,接近月亮,似乎月光也给予特别的优待,将其多数的清光洒在这里。颔联中"动""多"的运用可谓传神,将夜色之中星月隐耀下的巍峨宫殿描绘得活灵活现,同时也暗含着诗人的一种期许。颈联纯是诗人想象之词,他夜不能眠,于是在脑海中浮现出众官员入朝时的情景。诗人仿佛听到打开宫门的锁钥之声、风吹屋檐的铃铎,又仿佛是听到百官早晨骑马入朝时的马铃声,道出了诗人为官之勤勉。尾联紧承上联之"不寝",写第二天早朝要有封事上奏,唯恐耽误,故频繁地问询夜色将尽了吗? 充分表现出了诗人那种心绪不宁难以入眠的状态。《论语·里仁》中说:"君子无终食之间违仁,造次必于是,颠沛必于是。"杜甫无论身在何处,他心中始终惦念关心的是国家民众,这种深挚的意志和理念在他的这类诗歌中是贯彻始终的。

全诗结构谨严,描绘从容,景中含情,沿着时间的顺序,将诗人夜色中的种种情态描绘得十分传神,字里行间流露出诗人对国事忧虑的执著情感。

文史链接

"诗圣"杜甫

杜诗现存 1400 余首。其诗善陈时事,境界广阔,思想深刻,将社会现实与个人生活紧密结合,达到思想内容与艺术形式的完美统一,代表了唐代诗歌的最高成就,因而号为"诗史"。但杜甫并非客观地叙事,以诗写历史,而是在深刻、广泛反映现实的同时,通过独特的艺术手段表达自己的主观感情。正如浦起龙所云:"少陵之诗,一人之性情,而三朝之事会寄焉者也。"(《读杜心解》)杜诗内容广阔深刻,感情真挚浓郁,风格以"沉郁顿挫"为主;艺术上集古典诗歌之大成,并加以创新和发展;内容与形式上大大拓展了诗歌领域,给后世以广泛的影响。

杜甫一生潦倒,其诗"百年歌自苦,未见有知音"(杜甫《南征》)抒发了他这样的感受,但死后受到韩愈、元稹、白居易等人的大力推扬而名垂千古。

思考讨论

联想当时诗人夜值时的情景,说明尾联"明朝有封事,数问夜如何"表达了诗人怎样的感情。

旅夜书怀

杜　甫

细草微风岸[1]，危樯独夜舟[2]。
星垂平野阔，月涌大江流。
名岂文章著[3]，官因老病休[4]。
飘飘何所似[5]，天地一沙鸥。

注释

[1]细草：微风吹拂下的江岸的小草。　[2]危樯：高耸的桅杆。独夜舟：夜泊的孤舟。　[3]岂：难道。　[4]因：应该，想必。　[5]飘飘：漂泊。

赏析

此诗是诗人于永泰元年(公元 765 年)离开四川成都草堂以后在旅途中所作，通过夜泊孤舟之所见，深刻地表现了作者内心漂泊无依的感伤。此诗前四句描写"旅夜"所见之景色。前二句写近景，微风吹拂着江岸上的细草，高耸着桅杆的小船在月夜孤独地停泊着，字句间弥漫着孤寂的情调，诗人也像这江岸的细草、夜泊的孤舟一样孤寂无依。后两句写远景，苍茫的夜色里，繁星低垂，平野旷远，大江奔流不息，那皎洁的月光洒在江面，似乎在伴着江水腾跃，这真是一幅气势磅礴、辽远阔大的画卷。平野之无垠方可见繁星之低垂，月光之涌动方可见波涛之腾跃，而这辽阔的景象更加衬托出了诗人的孤独和渺小，这便是以乐景写哀情的艺术手法。此二句虽经诗人琢磨推敲，但不着痕迹，成为诗史上的名句。颈联之"名岂文章著，官因老病休"使用倒置，实际应为"文章岂著名，老病应休官"，这样的写法不仅因为平仄的关系，也是强调诗人对"名"、"官"的态度。有名，哪里是因为我的文章好呢？做官，倒因为年老多病而退休。虽是自嘲，写来平淡，但暗示出诗人内心的无限激愤和悲慨。诗人因受排挤，才华难以施展，所以潦倒终生，孤愤难平。结尾，诗人将自己比作天地之间飘零的一只沙鸥，虽转徙江湖，但孤洁自傲。诗人即景自况，流露出孤独的悲伤。"一"字的运用，更加突出诗歌中的悲凉孤寂之氛围。全诗寓情于景，寓景于情，字字孤寂，感人至深。

文史链接

情景相生

广德二年(公元764年)春，杜甫携家人再次回到成都，给严武做节度参谋，生活暂时安定下来。不料第二年严武忽然去世，他不得不再次离开成都草堂，乘舟东下，在岷江、长江一带漂泊。这首诗是杜甫乘舟行经渝州、忠州时写下的，是杜甫五律诗中的名篇，历来为人称道。谢榛《四溟诗话》评此诗"句法森严，'涌'字尤奇"。纪昀评此诗"通首神完气足，气象万千，可当雄浑之品"。从情景关系的表现上来说，此诗情景相生，意境优美，正如《四溟诗话》云:"情融乎内而深且长,景耀乎外而远且大。"王夫之《姜斋诗话》说:"情景虽有在心在物之分,而景生情,情生景……互藏其宅。"情景互藏其宅,即寓情于景和寓景于情。前者写宜于表达诗人所要抒发之情的景物,使情藏于景中;后者不是抽象地写情,而是在写情中藏有景物。杜甫的这首《旅夜书怀》诗,就是古典诗歌中情景相生、互藏其宅的一个范例。

思考讨论

《旅夜书怀》中,诗人在首联、颔联中选取了哪些意象?这两联的意象有什么不同?请你分析这样写作产生的艺术效果。

登岳阳楼[1]

杜 甫

昔闻洞庭水[2],今上岳阳楼。
吴楚东南坼[3],乾坤日夜浮[4]。
亲朋无一字[5],老病有孤舟[6]。
戎马关山北[7],凭轩涕泗流[8]。

注释

[1]岳阳楼:岳阳城西门楼,在湖南省岳阳市西门城头,高三层,为开元年间岳州刺史张说所建。岳阳楼下瞰洞庭湖,碧波万顷;遥望君山,气象万千。其自古就有"洞庭天下水,岳阳天下楼"之誉,北宋范仲淹脍炙人口的《岳阳楼记》更使之驰名于世。
[2]洞庭水:即洞庭湖。在今湖南东北部。　[3]吴楚:春秋时两个诸侯国名(吴国和楚国),其地略在今湖南、湖北、江西、安徽、江苏、浙江等长江中下游一带。坼(chè):分开,这里引申为划分。古楚地大致在洞庭湖的西北部,吴地在湖的东南部,似乎吴楚两地被洞庭湖一水分割。　[4]乾坤:天地。　[5]字:这里指书信。　[6]老病:年迈多病。杜甫时年57岁,身患肺病、风痹,且右耳已聋。　[7]戎马:军马。这里借指战事。关山北:泛指北方之地。当时吐蕃侵扰陇右、关中一带,朝廷调兵抗敌,战事频繁。　[8]凭轩:倚着楼窗。涕泗:眼泪。

赏析

本诗写于代宗大历三年(公元768年),杜甫携家眷由四川夔州出峡,抵达湖北江陵,后又辗转漂泊,流落到湖南岳阳。当时在北方,吐蕃侵扰陇右、关中一带,在这样的背景之下,杜甫登上岳阳楼,面对洞庭湖浩茫无际的壮阔景象,诗人孤寂凄凉的身世以及对国事的忧思涌上心头,写下了这首被前人称为盛唐五律第一的名篇。

首联之"昔闻"与"今上"相对,虽然平淡从容,但流露出诗人的喜悦之情。昔年听闻洞庭水之壮观,未得一见,如今却在暮年漂泊中登上这岳阳楼,不免感慨系之。颔联写登楼远望,这烟波浩渺的洞庭水竟将吴楚两地分割开来。《水经注》卷三十八记载:"(洞庭)湖水广五百余里,日月出没其中。"在杜甫笔下,不仅这日月出没于湖中,就连这天地也好似浮在了水面上,洞庭水势被写得磅礴壮阔。宋代胡仔《苕溪渔隐丛话》引蔡绦《西清诗话》说:"'吴楚东南坼,乾坤日夜浮',不知少陵胸中吞几云梦也。"下一联诗人不禁联想到自己的身世,"亲朋无一字,老病有孤舟",虽身居吴楚,但亲朋好友尚无一字问询,不免孤寂失落。如今衰老贫病,以孤舟为家,前途难料,其孤危之感可想而知。尾联中诗人由个人之安危孤寂联想到国家之危难,实可见诗人关乎国事、以天下苍生为己任的执著意志和理念。诗人凭栏北望,想到此时北方还处在战乱危难之中,不觉流下泪来,写来沉痛,这泪水中暗含着诗人多少悲慨和哀怨,感人至深。

全诗从大处着笔,雄跨今古,吐纳天地,将身世之悲、家国之痛都容纳在这浩茫无际的洞庭湖水中了。

文史链接

岳阳楼

自古以来,湖南岳阳的岳阳楼与江西南昌的滕王阁、湖北武汉的黄鹤楼并称为江南三大名楼。据记载,三国时东吴大将鲁肃曾率兵万人驻此,在洞庭湖畔建起训练水兵的阅兵楼。

唐朝开元四年(公元716年),诗人张说被贬谪到岳州(今岳阳),在鲁肃的阅兵楼旧址修建岳阳楼。从此以后,历代著名诗人墨客经过此地都有题咏。唐代诗人李白、孟浩然都曾在这里留下名篇。孟浩然《临洞庭》一诗本书已选入,见前文。李白诗题为《与夏十二登岳阳楼》,诗云:"楼观岳阳尽,川迥洞庭开。雁引愁心去,山衔好月来。云间连下榻,天上接行杯。醉后凉风起,吹人舞袖回。"乾元二年(公元759年),李白流放途中遇赦,回舟江陵,南游岳阳,秋季写下这首诗。全诗运用陪衬、烘托和夸张的手法,没有一句直接描写楼高,句句从俯视纵观岳阳楼周围景物的邈远、开阔、高耸等情状落笔,却不着痕迹地衬托出楼高,可谓自然天成,巧夺天工。

思考讨论

宋代诗人陈与义也有七律《登岳阳楼》诗,其一云:"洞庭之东江水西,帘旌不动夕阳迟。登临吴蜀横分地,徙倚湖山欲暮时。万里来游还望远,三年多难更凭危。白头吊古风霜里,老木沧波无限悲。"此诗作于南北宋交替之时,金兵入侵,开封城破,徽、钦二帝被金兵掳走,陈与义也被迫南迁,过上了颠沛流离的逃难生涯。当他流亡到洞庭湖,登上岳阳楼时,有感于身世之悲和家国之痛,便写下了数首悲戚苍凉的诗篇。请仔细品味此诗中所传达的情感。

破山寺后禅院[1]

常　建[2]

清晨入古寺,初日照高林[3]。
曲径通幽处[4],禅房花木深。
山光悦鸟性[5],潭影空人心[6]。
万籁此俱寂[7],惟闻钟磬音[8]。

注释

[1]诗题一作《题破山寺后禅院》。破山寺:指兴福寺,在今江苏常熟虞山北麓,是南齐时郴州刺史倪德光施舍宅园改建。禅院:寺院中的禅房,为僧侣所住。　[2]常建:生卒年、字号均不详。唐代开元、天宝年间诗人。开元十五年(公元727年)与王昌龄同榜进士,由于仕路受阻,一生沉沦失意,耿介自守,来往名胜山水,过着漫游的生活。后移家隐居鄂州武昌之西山。曾任盱眙尉。其诗意境清迥,语言洗练自然,艺术上有独特造诣,风格接近王孟一派。题材较窄,绝大部分以描写田园风光、山林逸趣为主,是盛唐山水田园派的重要作家。　[3]初日:刚刚升起的太阳。[4]曲径:弯弯曲曲的小路。幽处:幽静的地方,这里指禅房。[5]悦鸟性:使鸟儿性情怡悦。　[6]空人心:使人心杂虑顿消。[7]万籁:自然界万物发出的各种声音。　[8]惟闻:只听到。钟磬:古代的打击乐器。这里指寺院里诵经、斋供时用以敲击的

信号,鸣钟表示开始,敲磬表示结束。

赏析

这是一首题壁诗。全诗以简洁洗练的笔触描写了一个曲折深幽、清雅静寂的境界,抒发了诗人息烦静虑、忘却世俗、寄情山水的隐逸情怀。

首联点明诗人出游的时间、地点,勾勒出古寺禅院周围的情景。清晨之阳光洒向这破山之上的古寺山林,令人心旷神怡。诗人在人烟稀少的清晨入寺,可见其对清静之地的向往。颔联"曲径通幽处,禅房花木深",点明诗题中之"后禅院",写来清静幽雅,为后人所称道。诗人走在这曲折深幽的小路上,突然发现禅房竟然在花木丛生中隐藏着,而这郁郁葱葱的花木更加衬托出禅院的清静幽寂,令人有息烦静虑之感。颈联紧承上联,描写禅院之清幽,殷璠曾誉之为"警策"。其中"悦""空"均为使动用法,即"使……欢悦""使……空"。这幽雅美丽的山色使得鸟儿的性情怡悦欢然,那山石花木倒映在静寂澄澈的潭水中的景色,使人尘虑顿消。此联中,诗人选取独特的景物,营造了一个清雅幽寂、自然高远的境界,动态静态相间,声音色彩相映,读后有如临其境之感。结尾"万籁此俱寂,惟闻钟磬音",以动衬静,与王籍"鸟鸣山更幽"有异曲同工之妙。那声声的钟磬之音回荡在万籁俱寂的山林古寺之中,更加衬托出山寺的宁静。此时此刻,此景此情,诗人仿佛领悟到了禅悦的妙趣,摆脱尘世间一切烦恼,享受这万籁俱寂的自然之境。似乎大自然和人世间的所有其他声响都寂灭了,只有这悠扬而清脆的梵音才能涤荡胸中的烦虑,引导人们进入纯净怡悦、忘情尘俗的境界。全诗格调淡雅，兴象深微，妙在言外，是盛唐山水诗的名篇。

文史链接

曲径通幽处

常建由于仕路受阻，所以寄情山水，游览名山古刹，寻幽探胜。竹径通幽，花木掩映，天光、山色、澄波，不仅使鸟儿欢悦，而且令人杂念顿消。中间四句不仅写出环境的极静极美，而且体现出诗人内心的旨趣，富有言外之意。宋代欧阳修十分喜爱"曲径通幽处，禅房花木深"两句，说"欲效其语作一联，久不可得，乃知造意者为难工也"。后来他在青州一处山斋宿息，亲身体验到"曲径"两句所写的意境情趣。他更想写出那样的诗句，却仍然"莫获一言"。此外，由此诗演化出的成语如"万籁俱寂""曲径通幽"，沿用至今。

万籁俱寂：形容周围环境非常寂静，一点儿声响都没有。籁，孔穴中发出的声音，泛指声音；俱，都，全；寂，静。

曲径通幽：弯弯的小路，通到幽深僻静的地方。曲，弯曲；径，小路；幽，指深远僻静之处。

思考讨论

《破山寺后禅院》一诗中，诗人描写了古寺什么样的氛围？这样的氛围与诗人的心情有什么关系？

第四章　七言律诗

积雨辋川庄作[1]

王　维

积雨空林烟火迟[2],
蒸藜炊黍饷东菑[3]。
漠漠水田飞白鹭[4],
阴阴夏木啭黄鹂[5]。
山中习静观朝槿[6],
松下清斋折露葵[7]。
野老与人争席罢[8],
海鸥何事更相疑[9]。

注释

[1]《千家诗》题作《辋川积雨》。辋川:在今陕西蓝田县南 20

里,水出终南山辋谷,北流入灞水。　　[2]烟火迟:因为久雨潮湿,故而烟火缓缓上升。　　[3]藜(lí):一种可食的野菜,又名灰菜。黍:黍子。子实淡黄,去皮后北方通称黄米,性黏,可酿酒。其不黏者,别名穄,亦称稷,可做饭。饷:送饭。菑:初耕的田地。[4]漠漠:广袤无垠的样子。　　[5]阴阴:幽暗潮湿的样子。啭(zhuàn):鸟婉转地鸣叫。　　[6]习静:习惯于幽静的环境。朝槿:早晨的木槿花。槿,木槿,夏秋开花,花有白、紫、红诸色,朝开暮闭。　　[7]清斋:素食。露葵:带有露水的葵菜。葵为古代重要蔬菜,有"百菜之主"之称。　　[8]野老:居于郊野的老人,此处是诗人自称。争席罢:指自己要隐退山林,与世无争。争席,争座次,指官场生活的明争暗斗。《庄子·杂篇·寓言》:"其反也,舍者与之争席矣。"　　[9]海鸥何事更相疑:典出《列子·黄帝篇》:古时海上有好鸥者,每日到海上从鸥鸟游。其父曰:"吾闻鸥鸟皆从汝游,汝取来,吾玩之。"明日再往海上,鸥鸟飞舞而不下,不与他亲近。这里借海鸥喻人事。

赏析

这是一首山水田园诗。诗人通过对辋川雨后景色的描绘,表现了他隐居山林与世无争的闲情雅致,抒发了对尘世宦海生活的厌倦和对清雅恬淡生活的向往。

首联两句描绘出雨后的田园景象。阴雨之后,烟火因空气湿度较大而缓缓上升,原来是农妇们正在蒸藜炊黍,待她们烧好饭后,便去往田里送饭。此一幅田园景象,别有情趣,侧面表现出了诗人闲散安逸的心境。颔联接着写诗人所见之景,"漠漠水田飞白鹭,阴阴夏木啭黄鹂",一望无垠的水田之中,白鹭安闲自由地飞翔其上;幽湿葱郁的林木之中,黄鹂歌喉婉转鸣于其间。诗人在色彩的安排上可谓别具匠心,在水田丛林之中,点缀上白鹭、黄鹂,翻飞鸣叫,各逞其态,可谓"诗中有画",生趣盎然。颈联写诗人幽居辋川的山居生活。他或对朝槿冥思独坐,或采露葵以供斋饭,衬托出幽居隐逸的生活情趣。《旧唐书·王维传》记载:"维兄弟俱奉佛,居常蔬食,不茹荤血。晚年长斋,不衣文彩。"尾联连用两个典故发抒议论。《庄子·杂篇·寓言》记载,杨朱去从老子学道,路上旅舍主人欢迎他,客人都给他让座;等他学成归来,旅客们却不再让座,而与他"争席",说明杨朱已得自然之道,与人们没有隔膜了。《列子·黄帝篇》记载,海上有人与鸥鸟相亲近,互不猜疑。一天,父亲要他把海鸥捉回家来,他又到海滨时,海鸥便飞得远远的,心术不正破坏了他和海鸥的亲密关系。两则寓言一正一反,诗人从这尘氛之中跳出,享受这幽雅清淡的禅寂生活与辋川优美清寂的田园风光。全诗形象鲜明,兴味深远,具有浓厚的田园生活气息,是王维田园诗的代表作之一。

文史链接

漠漠水田飞白鹭,阴阴夏木啭黄鹂

唐人李肇因见李嘉祐集中有"水田飞白鹭,夏木啭黄鹂"的诗句,便说:"维有诗名,然好取人文章佳句……漠漠水田飞白鹭,阴阴夏木啭黄鹂,李嘉祐诗也。"(《国史补》卷上)明人胡应麟力辟其说:"摩诘盛唐,嘉祐中唐,安得前人预偷来者?此正嘉祐用摩诘诗。"(《诗薮·内编》卷五)意思是说,王维为盛唐诗人在前,李嘉祐为中唐诗人在后,怎么王维会偷取李嘉祐的诗句呢?应该是李嘉祐运用王维的诗句。

实际上,李嘉祐与王维同时而稍晚,谁袭用谁的诗句,很难确认。然而,从艺术上看,两人诗句还是有高下的。宋人叶梦得说王维诗中:"此两句好处,正在添'漠漠''阴阴'四字,此乃摩诘为嘉祐点化,以自见其妙。如李光弼将郭子仪军,一号令之,精彩数倍。"(《石林诗话》卷上)

思考讨论

前人评价王维的诗"诗中有画"。请以"漠漠水田飞白鹭,阴阴夏木啭黄鹂"为例,分析此联表现的意境。

黄鹤楼[1]

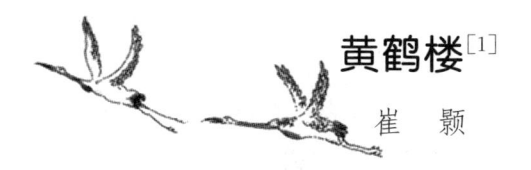

崔颢

昔人已乘黄鹤去[2],
此地空余黄鹤楼。
黄鹤一去不复返[3],
白云千载空悠悠[4]。
晴川历历汉阳树[5],
芳草萋萋鹦鹉洲[6]。
日暮乡关何处是[7],
烟波江上使人愁。

注释

[1]黄鹤楼:故址在湖北武昌黄鹤矶,背靠蛇山,历代屡建屡毁。传说三国时的费文祎(yī)在此乘鹤登仙而去。　[2]昔人:乘鹤仙人。　[3]不复返:不再回来。　[4]悠悠:久远。

[5]历历:清晰、分明的样子。　　[6]萋萋:草木茂盛的样子。《楚辞·招隐士》:"王孙游兮不归,春草生兮萋萋。"鹦鹉洲:长江中的小洲,在黄鹤楼东北。相传由东汉末年祢(mí)衡在黄祖的长子黄射大会宾客时,即席挥笔写就一篇"锵锵戛金玉,句句欲飞鸣"的《鹦鹉赋》而得名。后祢衡被黄祖杀害,葬于鹦鹉洲上。
[7]乡关:故乡。

赏析

诗人借黄鹤楼之景抒发了怀古之幽情和客子思乡之情。纵观全诗,信手而就,一气呵成,音情顿挫,饶有气骨,被视为唐人七律中的佳制。

前两联用散调变格,后两联句法归于整饬。诗人由乘鹤仙人之传说开端,即景生情,脱口而出,给黄鹤楼增添了神奇瑰异的色彩。仙去楼空,永不复返,唯留白云,千载悠悠。此两联虽不合格律,如颔联出句几乎都用仄声,颔联对句用三平尾,但写来一气贯下,无雕琢痕迹,字里行间流露出诗人对世事苍茫的感慨和淡淡的孤寂情怀。后两联音情顿挫,声调浏亮,诗人游目骋怀,弥望之中只见江面清澈,远处汉阳葱郁的绿树清晰可见,鹦鹉洲的芳草也茂盛葱翠,令人心旷神怡。如今小洲之上,芳草萋萋,足以使人感受到世事盛衰变化之理,不免引发诗人怀古伤今之幽情。诗人流连忘返,竟至日暮,面对浩渺的烟波、沉沉的落日,不禁产生思归怀乡之情。尾联诗人顺势写去,气溢直下,在生动的画面之中收到了一种抱朴自然的艺术效果。

清人沈德潜在《唐诗别裁集》卷十三中对此诗评论说:"意得

象先，神行语外，纵笔写去，遂擅千古之奇。"此外诗中之双声、叠韵、叠字的运用也增强了诗歌声情上的美感，如"黄鹤""复返""江上""悠悠""历历""萋萋"等词语，读来顿挫有致，自然流转。南宋严羽《沧浪诗话·诗评》认为："唐人七言律诗，当以崔颢《黄鹤楼》为第一。"清人孙洙编选的颇有影响的《唐诗三百首》，还把崔颢的《黄鹤楼》放在"七言律诗"的首篇，可见此诗之影响。

文史链接

李白罢笔

传说李白登黄鹤楼时，诗兴大发，欲题诗一首。当他在楼中发现崔颢《黄鹤楼》诗时，连称"绝妙！绝妙！"相传李白写下了四句"打油诗"来抒发自己的感怀："一拳捶碎黄鹤楼，一脚踢翻鹦鹉洲。眼前有景道不得，崔颢题诗在上头。"有个少年丁十八讥笑李白："黄鹤楼依然无恙，你是捶不碎了的。"李白又作诗辩解："我确实捶碎了，只因黄鹤仙人上天哭诉玉帝，才又重修黄鹤楼，让黄鹤仙人重归楼上。"真是煞有介事，神乎其神。

后人于是在黄鹤楼东侧，修建一亭，名曰李白搁笔亭，以志其事。实际上，李白热爱黄鹤楼到了无以复加的程度，他高亢激昂，连呼"一忝青云客，三登黄鹤楼"。山川人文，相互倚重，黄鹤楼之名更加显赫。

后来，李白也仿照《黄鹤楼》写下《登金陵凤凰台》，诗云："凤凰台上凤凰游，凤去台空江自流。吴宫花草埋幽径，晋代衣冠成古丘。三山半落青天外，一水中分白鹭洲。总为浮云能蔽日，长安不见使人愁。"

思考讨论

后人评价说崔颢《黄鹤楼》诗具有气象恢弘、色彩缤纷的绘画美，请结合作品细加品味。

寄李儋元锡[1]

韦应物

去年花里逢君别[2],
今日花开又一年。
世事茫茫难自料,
春愁黯黯独成眠[3]。
身多疾病思田里[4],
邑有流亡愧俸钱[5]。
闻道欲来相问讯[6],
西楼望月几回圆[7]。

注释

[1]《千家诗》作《答李儋》。李儋(dān):字元锡,武威(今属甘肃)人。唐朝宗室,曾官殿中侍御史。韦应物好友,二人唱酬较多。 [2]花里:花开时节。 [3]黯黯:心神沮丧的样子。 [4]思田里:思念田园乡里。诗人有渴望归隐之意。 [5]邑:城市,指所管辖的地区苏州,诗人当时任苏州刺史。流亡:外出逃荒的灾民。愧俸钱:愧对国家给的俸禄。自责没尽到地方官员的职责。 [6]闻道:听说。 [7]西楼:苏州观风楼。

赏析

这是一首寄赠诗。首联对景怀友,去年花开时节我们重逢而又离别,当我今年又看到鲜花盛开时,才知道分别已有一年。花落犹有花开,而我们却未能相见。诗人心里不免感到孤寂。颔联由上一联花落花开之自然规律引发诗人的嗟叹,人世间事情纷繁复杂,玄妙渺茫,真的难以预料。在这大好的春光中,我却心神沮丧,怀着愁绪独自成眠。这里交织着诗人多维复杂的矛盾心情。颈联便道出了诗人之忧思,书写自己的矛盾与挣扎。诗人体弱多病,力不从心,加之思念故土,意欲辞官归隐。作为朝廷命官,如今治下百姓有流亡,真是愧对国家俸禄,可见诗人坦诚的襟怀、高尚的品格和以百姓苍生为念的拳拳之情。此联思想境界较高,自宋以来,备受颂扬,范仲淹曾叹之为"仁者之言"。黄彻在《碧溪诗话》中更以此告诫说:"有官君子,当切切作此语。"尾联收束全诗,道出了寄赠之缘由,听说你前来探望我,我曾几次伫立在西楼之上翘首期盼,表现出诗人迫切的心情。我有满腔的苦闷和孤寂希望向你诉说,但是你什么时候到来呢?在这焦灼的等待中,诗人只好将这孤寂苦闷的情怀诉诸多少次的望月之中了。

全诗首尾呼应,一气呵成,章法紧密,声情并茂,是唐人寄赠诗中的精粹之一。

文史链接

韦应物与李儋

唐德宗建中四年(公元783年),韦应物告别李儋,离开京城长安前往滁州赴任。贞元五年(公元789年),韦应物调任苏州刺史,在任上写下这首寄友之作。此时正逢朱泚政变,德宗出逃流亡在京城之外。去年他还和李儋相见,很快便分别,今年花开之时,时事却与往日不同。因为李儋不但是诗人的朋友,还是皇亲,所以诗人自然会对出逃的德宗的境况忧虑万分,可是因为相隔太远,对具体的情况并不明了,故诗中有"世事茫茫难自料"之语。

诗人写下此诗两年后,即德宗贞元七年(公元791年),他便去官为民,诗中所言变成了现实。不过,他离官后终未能回归长安故里,而是闲居于苏州永定寺内。大约一年后,诗人就与世长辞了。

思考讨论

《寄李儋元锡》一诗中,"身多疾病思田里,邑有流亡愧俸钱",

颇受后人推重。朱熹称赞这两句说:"唐人仕宦多夸美州宅风土,此谓身多疾病,邑有流亡,贤矣。"唐人沈德潜评论说:"是不负心语。"可见诗人仁者忧时的爱民心肠。请结合全诗说说你的看法。

曲江·其一[1]

杜 甫

一片花飞减却春[2],
风飘万点正愁人。
且看欲尽花经眼[3],
莫厌伤多酒入唇[4]。
江上小堂巢翡翠[5],
苑边高冢卧麒麟[6]。
细推物理须行乐[7],
何用浮名绊此身[8]。

注释

[1]曲江:又名曲江池,在长安东南,因池水曲折而得名,原为汉武帝所造。唐玄宗开元年间大加整修,池水澄明,花卉环列。其南有紫云楼、芙蓉苑,西有杏园慈恩寺,是唐代京都著名游览胜地。 [2]减却:消减。 [3]欲尽:花将开尽,花事将阑。经眼:曾经欣赏过。 [4]伤多:多所感伤。 [5]翡翠:鸟名。嘴长而直,生活在水边,吃鱼虾之类。羽毛有蓝、绿、赤、棕等色,可做装饰品。 [6]高冢:高大的坟墓。麒麟:古代传说中的一种动物。形状像鹿,头上有角,全身有鳞甲,尾像牛尾。古人以为

仁兽、瑞兽,拿它象征祥瑞。　　[7]推:推寻,探究。物理:万物生灭变化的道理。须:应该。　　[8]浮名:虚名。绊此身:束缚自己。

赏析

　　这首诗作于乾元元年(公元758年)暮春。杜甫随肃宗回到长安,时任左拾遗。适逢宦官李辅国擅权,杜甫被视为异己,受到排挤,心情一度失落,于暮春游览曲江时写下这两首诗。当时,安史之乱的浩劫给曲江带来的创伤仍然历历在目。诗人描绘了暮春时节曲江之景象以及诗人强作旷达之情态,抒发内心中的愁绪,其中有对自身的反省,也有对国家命运的反思。

　　首联中诗人就将自己的内心情意投注进落花之中,那一片飞花就象征这春光逝去的消息,如今却是飞红万点在风中飘扬,更使诗人增添了无限的伤感。在这个花事将阑的时节,诗人姑且还要看一看"欲尽"之花加入飞红万点的行列,在无可奈何中道出了对逝去春光恋恋不舍的情态。这飘扬的花瓣象征着诗人的愁情,诗人欲借酒浇愁,故而也不嫌酒多伤身,情不自禁地仍要多饮。第三联由所见之景物写人事,江上曾经住人的小堂,如今翡翠在那里筑巢,苑边高大雄伟的陵墓前,石雕麒麟墓饰倒卧在墓前,其荒无人烟的景象可想而知,这也正反映出安史之乱后长安城凋敝残败的景象。尾联中,诗人由所见之景想到万事万物生灭变化的道理,时光之流逝、生命之短促让诗人终于了悟,此景此情,还不如及时行乐,何必让浮名束缚自身呢?全诗开篇写落花,反复勾勒,精绝奇妙,颈联由伤春写到人事,更添一层悲凉,而结尾表面上写及时行乐,不受虚名所束缚,但实际上反映出诗人意欲为国效力而报国无门的悲慨。

曲江·其二

杜 甫

朝回日日典春衣[1],
每日江头尽醉归[2]。
酒债寻常行处有[3],
人生七十古来稀[4]。
穿花蛱蝶深深见[5],
点水蜻蜓款款飞[6]。
传语风光共流转[7],
暂时相赏莫相违[8]。

注释

[1]朝回:上朝回来。典:典卖,典当。　[2]江头:曲江头。尽:都。　[3]寻常:平常。行处:到处。　[4]古来稀:又称古稀,古人七十岁的代称。　[5]蛱蝶:蝴蝶。深深见(xiàn):时隐时现。　[6]款款:缓缓。　[7]传语:寄语。风光:春光。　[8]相违:违背、分开。

赏析

　　此诗紧承上一首之"何用浮名绊此身"而来。诗人每日朝回后都要典当春衣,其目的是什么呢?"每日江头尽醉归",原来是用典当卖的钱来换酒喝。诗人每天下朝后都要来到曲江边上喝到一醉方休,这"朝回"和"尽醉"形成强烈的对比。以杜甫"致君尧舜"和"窃比稷契"的理想,以他"许身"的执著,若他不是无可奈何,不是极度失望,为何如此呢?而上一首及时行乐只不过是强为自解之词而已。"酒债寻常行处有,人生七十古来稀",衣服典尽后,诗人喝酒的钱便没有了,于是就赊酒而饮,这样一来便欠下许多酒账。人生苦短,已是"飞腾暮景斜"了,还能完成自己的理想吗?此联表面上写时光易逝,及时行乐,但背后却暗含着沉重的悲痛之情。

　　颈联将目光投射到春景之上,"穿花蛱蝶深深见,点水蜻蜓款款飞",很多人都注意到它对仗的工整和叠字的运用。其实这两句的好处不在它的技巧和形式,诗人是以乐景衬哀情。叶嘉莹先生曾说:这里有诗人在失意的悲哀中对春天的爱惜,有自己的不快乐与不和谐的情绪对大自然的美丽与和谐的生命反应。这些花中飞舞的蝴蝶和点水的蜻蜓,好像是知道诗人的悲哀而特意用美好的姿态安慰他。但是诗人和它们能共处多久呢?所以诗人说"传语风光共流转,暂时相赏莫相违",希望传话给春天的风光,请它们不要急速地离开,不要抛他而去,让他欣赏,哪怕是短暂的,可别连这点心愿也违背了啊。这里有杜甫多少深厚的感情,还有他多少不肯放弃的意志!

全诗深婉含蓄,感发强烈,在暮春之景、自解之词的背后蕴涵着诗人无限的伤感。

文史链接

曲江诗

曲江见证了唐王朝的兴衰荣辱,凝结了诗人们的辛酸坎坷。它象征着盛世不再、盛年难返。曲江存在于诗人们的记忆里,令他们挥之不去。诗人们对曲江的追念,蕴涵对永逝不返之盛年的深情忆念,也蕴涵着对往昔时光的无限流连。唐人描写曲江的诗篇多达400篇。

晚唐诗人李商隐经历了另一场"天荒地变"——甘露之变后,面对荒凉满目的曲江,心中不免产生和杜甫类似的感慨,于是在游曲江时写下了《曲江》一诗,诗云:"望断平时翠辇过,空闻子夜鬼悲歌。金舆不返倾城色,玉殿犹分下苑波。死忆华亭闻唳鹤,老忧王室泣铜驼。天荒地变心虽折,若比伤春意未多。"全诗借曲江今昔暗寓时事,通过对时事的感受抒写"伤春"之情,带有更为浓重悲凉的时代色彩。曲江追忆,其实追忆的并非曲江本身,更确切地说,对往昔的记忆实际上包含了对岁月沧桑和政治兴衰的感慨。

思考讨论

李商隐的《暮秋独游曲江》诗云:"荷叶生时春恨生,荷叶枯时秋恨成。深知身在情长在,怅望江头江水声。"请结合此诗说明诗人暮秋游曲江时形象之选取与情感之表达的联系。

秋兴·其一[1]

杜 甫

玉露凋伤枫树林[2],
巫山巫峡气萧森[3]。
江间波浪兼天涌[4],
塞上风云接地阴[5]。
丛菊两开他日泪[6],
孤舟一系故园心。
寒衣处处催刀尺[7],
白帝城高急暮砧[8]。

注释

[1]秋兴:借秋天景物引发的感兴。　　[2]玉露:白露。凋伤:使草木衰败,枝叶凋零。　　[3]巫山巫峡:指夔州一带长江和两岸的山峦。萧森:萧瑟阴森,形容秋景之凄凉。　　[4]兼天:连天。　　[5]塞上:这里指夔州一带的山。因为山势险峻,故称为"塞"。地阴:地面上阴暗的气象。　　[6]丛菊两开:两次见到菊花开放,犹言度过两个秋天。他日:往日。　　[7]催刀尺:裁剪赶制新衣。　　[8]白帝:即白帝城,故址在今四川奉节白帝山上。它下临长江,距三峡西口夔门极近。杨齐贤注:"白帝城,公孙述所筑。初,公孙述至鱼复,有白龙出井中,自以承汉土运,故称白帝,改鱼复为白帝城。"暮砧(zhēn):傍晚时的捣衣声。

赏析

诗歌开篇就将读者带入一片萧飒凄凉的氛围之中。宋玉《九辩》说:"悲哉,秋之为气也!萧瑟兮,草木摇落而变衰。"秋日草木的凋零是最容易引发诗人的感伤的。首联出句在凄凉之中还有一种明艳的感觉。"玉露"有白色的暗示,白是一种冷色;"枫树"有红色的暗示,红是一种暖色。在悲哀中有热烈,所以"凋伤"给人以强烈的衰败感。"巫山巫峡气萧森"是诗人在夔州东望之所见,无论是高峻的巫山,还是深险的巫峡,从上到下都被这萧森的秋气笼罩无余了。颔联"江间波浪兼天涌,塞上风云接地阴",江间波浪滔天,天空阴云接地,天地一片阴沉,弥漫着萧森之气。杜甫写作此诗时,唐王朝处于动荡不安的局面,杜甫也因此饱受颠沛流离之苦,因此此诗前两联也隐约可见杜甫对时事的感慨。颈联由萧瑟的秋气转移到自己萧条的身世。"丛菊"点名了秋季。"两开",犹言自己度过两个秋天。山上的菊花点点,仿佛是我去年因思乡而留下的滴滴眼泪,去年漂泊他乡,而今年仍然滞留在这里。但是诗人没有放弃回乡,所以说"孤舟一系故园心",他随时乘上孤舟准备回乡,这一叶孤舟是诗人心系故土赖以回乡的唯一希望。可是如今秋意渐深,当地人已经开始赶制寒衣了,白帝城高高的城楼上,传来了阵阵捣衣之声,又唤起他对故园的思念之情。纵观全诗,抒情写景,波澜壮阔,感情强烈,而重点则落在颈联之上。

文史链接

《秋兴》之写作背景

持续8年的安史之乱,至广德元年(公元763年)始告结束,而吐蕃、回纥乘虚而入,藩镇拥兵割据,战乱时起,唐王朝难以复兴了。此时,严武去世,杜甫在成都的生活失去凭依,遂沿江东下,滞留夔州。

此诗作于大历元年(公元766年),时诗人55岁。诗人晚年多病,知交零落,心境非常寂寞。《秋兴》这组诗,融入了夔州萧条的秋色、凄清的秋声和诗人暮年多病的苦况、关心国家命运的深情,悲壮苍凉,意境深闳。这组诗,前人评论较多,其中以王嗣奭(字右仲)《杜臆》的意见最为妥切。他说:"《秋兴》八首,以第一首起兴,而后七首俱发中怀;或承上,或起下,或互相发,或遥相应,总是一篇文字。"可见这八首诗,章法缜密严整,脉络分明。其中感慨深沉起伏,境界阔大雄浑,的确体现了杜甫律诗"沉郁顿挫"的特色,前人称之为"声韵雄畅,词采高华,气象冠冕,是真可虎视诗坛,独步一世"。叶嘉莹先生曾说:"杜甫不是只用理性来安排它的结构,他是随着他感情的感发来写他对长安之思念的。从现实夔州的秋天一直写到心中往昔长安的春日,杜甫的描写既反映了现实又超脱出现实。他不被现实的一事一物所拘限,就好像蜜蜂之酿蜜,那蜜虽然采自百花,却已不属于百花中的任何一种。所以像杜甫《秋兴》八首这样的作品,乃是以事物的'意象'表现一种感情的'境界',完全不可拘执字面做落实的解说。这在中国诗的意境中,尤其在七言律诗的意境中,是一种极为可贵的开创。"(《叶嘉莹说诗讲稿》)

思考讨论

　　古人总是会因春、秋节候特征而兴发种种人生悲苦怨伤,表现在诗歌之中便是"伤春悲秋"的传统。请查阅资料,举一两首古代诗人关于这类题材的诗篇。

秋兴·其三

杜　甫

千家山郭静朝晖[1]，
日日江楼坐翠微[2]。
信宿渔人还泛泛[3]，
清秋燕子故飞飞[4]。
匡衡抗疏功名薄[5]，
刘向传经心事违[6]。
同学少年多不贱[7]，
五陵衣马自轻肥[8]。

注释

[1]山郭:靠山的城郭。　　[2]江楼:临江之楼。翠微:青翠的山色。《尔雅疏》:"山气青缥色曰翠微,凡山远望则翠,近之则翠渐微。"　　[3]信宿:连宿两夜。还泛泛:仍在水上泛舟漂浮。[4]故:仍旧。飞飞:翻飞的样子。"还泛泛""故飞飞"和上句"日日"相承,即天天所见如此。　　[5]匡衡:字雅圭,汉朝人。汉元帝时,因屡次上书议论时事,升为光禄大夫、太子少傅。抗疏:指臣子对于君命或廷议有所抵制,上疏极谏。　　[6]刘向:字子政,汉朝经学家。历事汉宣帝、元帝、成帝三朝,曾上疏言事,未被

重用。传经：宣帝时，刘向奉命传授《谷梁传》，在石渠阁讲论五经（儒家的五部经典，即《周易》《尚书》《诗经》《礼记》《春秋》）。成帝即位，诏刘向领校中五经秘书。后来，其子刘歆受诏，与父刘向领校秘书。哀帝时，刘歆复领五经，卒父前业。　　[7]不贱：显贵。[8]五陵：汉时长安北郊有五座汉代帝王陵墓，即长陵、安陵、阳陵、茂陵和平陵。汉时迁徙名家豪族于诸陵，所以五陵被豪族所占据。轻肥：即轻裘肥马。《论语·雍也》："子曰：'赤之适齐也，乘肥马，衣轻裘。吾闻之也，君子周急不继富。'"

赏析

此诗写诗人在夔州秋季晨景之中回顾往昔，思念长安，表达内心的愤慨。前两联咏景，后两联抒怀。秋高气清，诗人独坐在江畔的小楼之中，沐浴着静穆的朝晖。"信宿渔人还泛泛，清秋燕子故飞飞"，是诗人日日坐对翠微所见之景。渔人之泛泛，燕子之飞飞，是诗人所见，再也平常不过了，但说"还泛泛""故飞飞"，就可看出诗人在这客观之景中暗含着自己的情绪，也可看出诗人在炼字上的功夫。难道我就和这渔人一样永远在江上漂泊吗？燕子知道我不能像它那样自在飞翔故意在我眼前飞来飞去吗？可见诗人又动了思归之念。

颈联连用匡衡、刘向两个典故衬托自己一生政治失意、壮志难酬的不平。杜甫任左拾遗时，曾上疏论救房琯，不料触怒皇帝，几被戮辱，此功名不若匡衡。诗人也曾待制集贤院试，后送隶有司，此传经不如刘向。此时此刻，诗人联想到自己的一生，胸中真不知道有多少悲慨。当年我怀着"致君尧舜"的希望，但无论在仕途上,在学问上,我都没有完成。于是引出最后一联,"同学少年多不贱,五陵衣马自轻肥",当年和我一起读书的青年如今都在朝廷中得到高官厚禄,他们乘肥马,衣轻裘,富贵奢华,但又为国家做了些什么呢?不过志在轻肥而已。结句之"自"字用得很妙,表现出诗人满腔的愤慨。叶嘉莹先生曾说:"'自'字既有批评,又有讥讽。一个意思是:你们自去轻肥,我不羡慕你们;另一个意思是:你们只管自己轻肥,却不肯关心朝廷,也不肯帮我得到一个'致君尧舜上'的机会。你们看,这个'自'字起着多么微妙的作用。"(《好诗共欣赏》)

文史链接

匡衡凿壁借光

匡衡,字稚圭,西汉人。少年聪颖,勤奋好学,但家中贫困,没有灯烛照明。邻家有灯烛,但光亮照不到他家,匡衡就把墙壁凿了一个洞引来邻家的光亮,让光亮照在书上来读。同乡有个大户叫文不识,是个有钱的人,家中有很多书。匡衡就到他家去做雇工,又不要报酬。主人感到很奇怪,问他为什么这样,他说:"主人,我想读遍你家所有的书。"主人听了,深为感叹,就把书借给他读。匡衡日日苦读,精研学问,最终成了大学问家。

汉元帝时,匡衡受推荐被朝廷任命为郎中,再升为博士、给事中。这时先后发生了日食和地震,汉元帝心中惶恐,怕是上天降下的灾殃警兆,就向大臣们咨询政治的得失。匡衡上奏,列举史实说明天象只是一种大自然的阴阳变化,祸福全在于人的作为、人类社会的风气，更在于朝廷的教化倡导和影响。因而皇上应当裁减宫廷的费用，亲近忠臣正人，疏远佞臣小人，选拔贤才，开放言路接纳忠谏。汉元帝很赞赏匡衡的见识，提升他为光禄大夫、太子少傅。

思考讨论

结合《秋兴·其三》一诗，仔细体会杜甫的炼字之妙。

秋兴·其五

杜 甫

蓬莱宫阙对南山[1],
承露金茎霄汉间[2]。
西望瑶池降王母[3],
东来紫气满函关[4]。
云移雉尾开宫扇[5],
日绕龙鳞识圣颜[6]。
一卧沧江惊岁晚[7],
几回青琐点朝班[8]。

注释

[1]蓬莱:宫殿名,即大明宫,唐高宗龙朔二年(公元662年)重修大明宫,改为蓬莱宫。据《唐会要》记载:"蓬莱宫北据高原,南望爽垲,每天晴日朗,南望终南山如指掌,京城坊市街陌如在槛内。"宫阙:古时帝王所居住的宫殿。因宫门外有双阙,故称宫阙。苏轼《水调歌头》:"不知天上宫阙,今夕是何年?"南山:终南山,山上有含元殿、宣政殿、紫宸殿,三殿南北相沓,皆在山上,与蓬莱宫相对。　[2]承露金茎:即通天台。汉武帝在建章宫西边作承露盘,高二十丈,上有"仙人掌",用于承接露水,和玉屑饮用,以求

成仙。卢照邻《长安古意》有"汉帝金茎云外直"之句。霄汉：云霄和天河,这里形容承露金茎极高。　　[3]瑶池：古代传说中昆仑山上的池名,西王母所居。降王母：《穆天子传》等书记载有周穆王登昆仑山会西王母的传说。《汉武内传》则说西王母曾于某年七月七日飞降汉宫。　　[4]紫气：祥瑞之气。东来紫气：西汉刘向《列仙传》载,老子西游至函谷关,关尹喜登楼而望,见东极有紫气西迈,知有圣人过函谷关,后来果然见老子乘青牛车经过。函关：函谷关,在今河南灵宝附近。　　[5]云移：宫扇像云一样缓缓移开。雉尾：雉尾扇,一种用野鸡羽毛制成的宫中仪仗。《唐会要》记载,唐玄宗开元年间,萧嵩上疏建议,皇帝每月朔、望日受朝于宣政殿,上座前,用羽扇障合,俯仰升降,不令众人看见,等到坐定之后,方令人撤去羽扇。后来定为朝仪。　　[6]日绕龙鳞：皇帝衮龙袍上的花纹,夺目光彩,有如日光缭绕。圣颜：皇帝的容貌。　　[7]一：自,自从。沧江：因江水呈青苍色,故称。这里指长江。岁晚：秋天,暗示自己年华老大。　　[8]青琐：汉未央宫门名,门饰以青色,镂以连环花纹。后借指宫门。点朝班：上朝时点名传呼,按次入班。

赏析

　　首联描写长安宫殿雄伟壮美的景色,显现出唐王朝全盛时期恢弘的宫殿建筑,同时隐晦地指出唐玄宗好道教求神仙的荒唐。"承露金茎"虽是汉武帝为求长生所造,但这里是以"汉"喻"唐",实际上讥讽的是唐玄宗。颔联"西望瑶池降王母,东来紫气满函关",表面写长安城坐落的地理位置和雄视天下、巍峨壮丽的气派,而玄宗崇奉神仙之事则见于言外。西边是传说中王母之瑶池,东边则是函谷之雄关。首联、颔联中之"蓬莱""金茎""瑶池""王母""紫气""函关",虚虚实实,充满了道教色彩。

颈联回忆自己早朝时所见皇帝之威仪。杜甫在长安屡试不第,因献《三大礼赋》而名噪一时,于是玄宗皇帝以布衣召试文章。杜甫曾写诗说:"集贤学士如堵墙,观我落笔中书堂"(《莫相疑行》),意思是说,皇帝召我写文章,集贤院的学者围着我看我下笔,所以诗中之"日绕龙鳞识圣颜"当是诗人怀念玄宗皇帝,也写出了他对当年意气风发的得意经历的怀念。可是尾联"一卧沧江惊岁晚,几回青琐点朝班",陡然截住,诗人又回到了秋天的夔州,如今漂泊无依的悲凉身世与以前之盛世形成了鲜明的对比。岁晚秋深,卧病沧江,还惊暮年,立朝不过几回而已。杜甫于至德四月从长安逃往凤翔,拜左拾遗,八月即放归,次年随驾还长安,再任左拾遗,六月出为华州司功,在朝不过半年。"几回",极言时间短促。尾联中诗人年华老大、壮志难酬的悲感溢于言表。

文史链接

承露盘

据历史记载,仙人承露盘是汉武帝建造的。武帝遍寻海外仙洲之甘液玉英以求长生不死,为求得和渺茫的仙界达成一种神秘的生命信息上的契合,故作承露盘以承甘露,以为服食之可以延年。《汉书·郊祀志上》:"其后又作柏梁、铜柱、承露、仙人掌之属矣。"颜师古注引《三辅故事》:"建章宫承露盘,高二十丈,大七围,以铜为之,上有仙人墩承露,和玉屑饮之。"

　　承露盘又叫金铜仙人承露盘,唐人李贺曾作《金铜仙人辞汉歌》记述魏明帝遣宫官把长安建章宫前的铜铸仙人像迁走的故事,本意是在抒发兴亡之感、家国之痛和身世之悲。诗云:"茂陵刘郎秋风客,夜闻马嘶晓无迹。画栏桂树悬秋香,三十六宫土花碧。魏官牵车指千里,东关酸风射眸子。空将汉月出宫门,忆君清泪如铅水。衰兰送客咸阳道,天若有情天亦老。携盘独出月荒凉,渭城已远波声小。"此诗设想奇特,而又深沉感人;形象鲜明,而又变幻多姿;词句奇峭,而又妥帖绵密。其中之"天若有情天亦老"已成为千古传诵的名句。

秋兴·其七

杜 甫

昆明池水汉时功[1],
武帝旌旗在眼中[2]。
织女机丝虚夜月[3],
石鲸鳞甲动秋风[4]。
波飘菰米沉云黑[5],
露冷莲房坠粉红[6]。
关塞极天惟鸟道[7],
江湖满地一渔翁[8]。

注释

[1]昆明池:汉武帝元狩三年于长安西南郊所凿,以习水战。池周围40里,广332顷。宋以后湮没。　[2]武帝旌旗:《史记·平准书》:"武帝大修昆明池,治楼船高十余丈,旗帜加其上,甚壮。"武帝,指汉武帝刘彻。这里以汉喻唐,指唐玄宗。旌旗,旗帜。　[3]织女:昆明池有织女、牵牛的石雕像,分别在池的东西两侧。曹毗《志怪》:"昆明池作二石人,东西相望,像牵牛织女。"虚夜月:织女伫立在昆明池畔,不能织丝,虚度月光照耀的秋夜。　[4]石鲸:昆明池中之石雕鲸鱼。《西京杂记》记载:"昆明池刻玉石为鲸鱼,每至雷雨常鸣吼,鳍尾皆动。刘孝威诗:'雷奔石鲸动,水阔牵牛遥。'"动秋风:写石刻鲸鱼的形象逼真,似乎在秋风里摆动,栩栩如生。　[5]菰(gū)米:一名雕胡米,为菰之实。菰,生于水中,像蒲苇,梗五六尺,秋季结实,色白而滑。沉云黑:是说菰米成熟后无人收拾,落在水中变黑,远望如满天的乌云。杜甫《行官张望补稻畦水归》诗云:"秋菰成黑米,精凿传白粲。"　[6]莲房:莲蓬。坠粉红:莲初结子,花蒂褪落,故曰坠粉红。　[7]关塞:即第一首所言之"塞上",指夔州一带。极天:形容极高。《孔丛子》:"世人言高者,必以极天为称。"惟鸟道:是说关塞根本无法行人,只有鸟才能飞过。《南中八志》:"鸟道四百里,以其险绝,兽犹无蹊,特上有飞鸟之道耳。"李白《蜀道难》:"西当太白有鸟道,对此横绝峨眉巅。"　[8]江湖满地:诗人漂泊在无际的江湖之上,无所归宿。渔翁:作者自况。

第四章　七言律诗 | 175

赏析

　　该诗追忆了长安昆明池之景观，想象它经过战乱兴衰后的凋零残败，抒发了诗人孤寂的情怀和深重的忧国之思。首联写昆明池在汉代最为鼎盛的时期开凿，武帝置战船，训练水军，如今武帝的十万旌旗仿佛还在眼中招展闪耀。诗人以汉喻唐，指出这样的盛况，而今安在？"汉时功"三字则流露出一种盛世难返的悲哀。颔联"织女机丝虚夜月，石鲸鳞甲动秋风"是由昆明池想到池边之景物。昆明池东西两侧立有织女、牵牛的石雕像，而且池水中有一条巨大的石刻鲸鱼，据说每至雷雨之时，这条鲸鱼鳍尾皆动，常发出怒吼的声音。池边的织女本来是织丝的，可是她在月夜竟织不出一点东西。"月夜"给人的感觉是多么凄冷，而"虚夜月"之"虚"给人一种落空无成的感觉。从字音来说，"机""丝""虚"的发音都较为纤细，给人一种虚空的感觉。"石鲸鳞甲动秋风"虽是据传说写成，但在景物之外有一层托喻之意，暗示了那个时代风雨飘摇、动荡不安的局面。颈联写由岸边之景转移到水中之景，杜甫从夔州的秋天引起感发，写到长安秋天的景物。"波飘菰米沉云黑"是说池中菰米成熟后无人收拾，一团一团像乌云一样烂在水中。"露冷莲房坠粉红"是说秋天的寒意侵入莲蓬中心的莲房，致使荷花的花瓣都凋零了。颈联不仅对仗工整，而且在用字上极为考究。高友工教授和梅祖麟教授曾分析说：红与黑两种颜色表现了一种从成熟到腐烂的感觉，而"漂""沉""冷""坠"等字眼给人零落的感觉。可见杜诗蕴涵着多么丰富的感发力量。尾联从想象中从长安回到现实中来，诗人虽怀念长安，但面对剑阁的高峻、白帝的危城，无所适从。其中之鸟道只有飞鸟才能越过回到长安,而我只能滞留在这长江三峡之中,漂泊在这茫茫无际的江湖之上,何日才是归期?"江湖满地"更引发我们无限的悲慨。前人评价这句说:"尾联'极天''满地',乃俯仰兴怀之意。言江湖虽广,无地可归,身阻鸟道,迹比渔翁,昆明盛事无由得见。"

文史链接

《秋兴》之另外四首

《秋兴》是杜甫晚年寓居四川夔州时写下的以相望长安为主题的一组七言律诗。这八首诗是一个完整的乐章,命意蝉联而又各首自别,时代苦难、羁旅之感、故园之思、君国之慨,杂然其中,历来被公认为杜甫抒情诗中沉实高华的艺术精品。

本书选其四首,未见全貌,十分遗憾。今补充未入选之四篇,以飨读者。其二云:"夔府孤城落日斜,每依北斗望京华。听猿实下三声泪,奉使虚随八月槎。画省香炉违伏枕,山楼粉堞隐悲笳。请看石上藤萝月,已映洲前芦荻花。"其四云:"闻道长安似弈棋,百年世事不胜悲。王侯第宅皆新主,文武衣冠异昔时。直北关山金鼓振,征西车马羽书驰。鱼龙寂寞秋江冷,故国平居有所思。"其六云:"瞿塘峡口曲江头,万里风烟接素秋。花萼夹城通御气,芙蓉小苑入边愁。珠帘绣柱围黄鹄,锦缆牙樯起白鸥。回首可怜歌舞地,秦中自古帝王州。"其八云:"昆吾御宿自逶迤,紫阁峰阴入渼陂。香稻啄余鹦鹉粒,碧梧栖老凤凰枝。佳人拾翠春相问,仙侣同舟晚更移。彩笔昔曾干气象,白头吟望苦低垂。"

思考讨论

《秋兴·其七》写诗人虽怀念长安昆明池中之景物,但在写景之外另有一层托喻,请结合诗篇试作分析。

夏夜宿表兄话旧[1]

窦叔向[2]

夜合花开香满庭[3],
夜深微雨醉初醒。
远书珍重何由达[4],
旧事凄凉不可听[5]。
去日儿童皆长大[6],
昔年亲友半凋零[7]。
明朝又是孤舟别,
愁见河桥酒幔青[8]。

注释

[1]《千家诗》作《表兄话旧》。 [2]窦叔向:生卒年不详。字遗直,扶风(今陕西凤翔)人。唐代宗大历初登进士第,代宗时,常衮为相,引为左拾遗、内供奉。衮贬,出为溧水令,复迁工部尚书。诗法谨严,今存诗9首。 [3]夜合:即合欢花,昼开暮合。[4]远书:远方亲友的书信。何由达:一作"何曾答",几曾达,犹言不曾通信。 [5]旧事:往事。不可听:不能听下去。[6]去日:昔日,往日。 [7]凋零:本指草木凋谢零落,引申为人的死亡。 [8]酒幔:酒店门前所悬的布旗。

赏析

诗歌以凄婉清丽的语言将人间生离死别、世事沧桑的悲慨写得淋漓尽致,读后令人生出无限惆怅。

首联写与表兄话旧的情景,从视觉、味觉等角度描述诗人与表兄在夏夜庭院中重逢畅饮,所见夜合花开、细雨蒙蒙的景象。夜合花开,其散发的芳香充溢于中庭,诗人与表兄畅饮话旧,大醉而卧。深夜时分,下起了蒙蒙细雨,此时二人之醉意在这潮湿凉意之中逐渐被冲淡,清醒过来。由于明天又要离别,他们继续畅叙往事。中间两联写"话旧"之内容。关山路远,时代动荡,彼此难以互通消息,写一封书信都很难到达。畅论往事,千头万绪,悲凉凄恻,真的难以回首,不忍继续听下去。昔日的儿童皆已长大成人,旧年的亲友都渐次凋零,令人顿生年光易逝、世事沧桑的悲慨。说到此本来就已悲伤到了极点,可是明天又要面临离别的愁苦,更添一层悲凉。"明朝又是孤舟别,愁见河桥酒幔青",明天我又要一个人孤零零地离别了,我真的害怕看见河桥边那招揽生意的酒旗。该联写出了诗人依依不舍的心情,真可谓"黯然销魂者,惟别而已矣"。

全诗情感真挚,语出肺腑,毫无雕琢之痕迹,读后不知不觉被引入诗境,难怪俞陛云说:"以其一片天真,最易感动。中年以上者,人人意中所有也。"(《诗境浅说》)

文史链接

李益《喜见外弟又言别》

唐人李益有一首《喜见外弟又言别》,与窦叔向《夏夜宿表兄话旧》有异曲同工之妙。诗云:"十年离乱后,长大一相逢。问姓惊初见,称名忆旧容。别来沧海事,语罢暮天钟。明日巴陵道,秋山又几重。"诗写表兄弟因乱离之后,忽又相逢别离之时。初问姓氏,心已惊疑,待知姓名,即忆起旧容,于是化惊为喜。叙谈伤乱感慨之情,寓之意中。全诗采用白描手法,以凝练的语言和生动的描写,再现了乱离中人生聚散的典型场面,抒发了真挚的至亲情谊,读来亲切感人。这首诗不以奇特警俗取胜,而以朴素自然见长。诗中的情景和细节,似曾人人经历过,这就使人们读起来感觉十分亲切。诗人抒写自己亲身体验,思想感情自然流露,真实动人,委婉蕴藉地抒发了真挚的至亲情谊和深重的乱离之感,是一篇十分难得的"情文兼至"的佳作。

思考讨论

窦叔向《夏夜宿表兄话旧》一诗首联、尾联在景物描写方面有什么特点？请结合诗句具体分析。

左迁至蓝关示侄孙湘[1]

韩　愈

一封朝奏九重天[2],

夕贬潮阳路八千[3]。

欲为圣朝除弊政[4],

肯将衰朽惜残年[5]。

云横秦岭家何在[6],

雪拥蓝关马不前[7]。

知汝远来应有意[8],

好收吾骨瘴江边[9]。

注释

[1]《千家诗》题作《自咏》。左迁:犹言下迁,即降职,贬官。汉代贵右贱左,故将贬官称为左迁。《汉书·周昌传》"左迁",颜师古注:"是时尊右而卑左,故谓贬秩位为左迁。"后世沿用之。蓝关:蓝田关,今在陕西蓝田东南。侄孙湘:即韩愈的侄孙韩湘,为韩愈之侄韩老成之长子。　[2]一封:指韩愈的《论佛骨表》。封,奏章,谏书。朝奏:早晨送呈的奏章。九重天:原指皇帝的宫阙,这里代指皇帝。　[3]贬:贬黜,降职。潮阳:又名潮州,今广东潮州。路八千:泛指长安离潮州路途遥远。八千,不是确数。

[4]此句一作"欲为圣明除弊事"。弊政:政治上的弊端,指宪宗迎佛骨事。　　[5]肯:岂肯。衰朽:体弱老迈。惜残年:顾惜晚年的生命。　　[6]秦岭:陕西西南部的山脉。这里指终南山。　　[7]拥:阻塞。　　[8]汝:你,这里指韩湘。　　[9]瘴江边:充满瘴气的江边,当时岭南多瘴疠之气,这里指贬所潮州。瘴,热带山林中的湿热蒸郁致人疾病的毒气。

赏析

　　唐宪宗元和十四年(公元819年)正月,宪宗派人到凤翔府(今陕西境内)法门寺塔中将所谓的佛骨迎入宫廷供奉。韩愈上《论佛骨表》,力图劝谏唐宪宗,指出信佛对国家无益,而且自东汉以来信佛的皇帝都短命。结果触怒了宪宗,韩愈几乎被处死。后经裴度等人说情,由刑部侍郎贬为潮州刺史,责求即日上道。潮州在广东东部,为烟雨瘴疠之地,距离京师长安有千里之遥。当韩愈走到蓝田关口时,他的侄孙韩湘赶来与他同行,韩愈有感而发,写下此诗。

　　首联写被贬原因和地点,侧面反映出诗人获罪之重,贬谪之速。颔联写出了诗人的愤激之情和刚直不阿的谏诤精神。我不顾惜年老衰迈的残年而上疏陈言是为了革除国家弊政,不料竟遭到如此下场。九死未悔之情怀、悲痛酸楚之感受溢于言表。这两联中"朝奏"与"夕贬","九重天"与"路八千","欲为"与"肯将","除弊政"与"惜残年"对仗的运用形成了鲜明的落差对比,进而形成了一种张力,诗人的郁勃之情也跃然纸上。颈联写诗人正月出贬,气候恶劣,路途险阻,前途未卜,故有"家何在"之慨叹,又有

"马不前"之忧惧。"云横秦岭""雪拥蓝关",境界雄阔,实为"横""拥"二字所发挥的妙用,既写眼前实景,又是诗人失路悲慨的自然流露。尾联用《左传·僖公三十二年》中蹇叔哭师时对他儿子说"必死是间,余收尔骨焉"事,写来沉痛。韩湘前来与我同行,我自料此去必死,故以后事相托,所以诗人以"好收吾骨"作结,字句间透露出凄恻悲壮的意绪。

全诗情感真切,一气贯下,将叙事、写景、抒情恰当地融合在一起,同时体现出诗人以文章之法入诗的变革精神。

文史链接

唐宋八大家

"唐宋八大家"是唐宋时期八位散文家的合称,其中唐代有两位,宋代有六位,即唐代的韩愈、柳宗元和宋代的欧阳修、王安石、苏洵、苏轼、苏辙、曾巩。其中苏洵、苏轼、苏辙为父子三人,人称"三苏";曾巩为欧阳修的学生。

据文献记载,明初朱右选韩、柳等八人文为《八先生文集》,其后,唐顺之编纂《文编》时,唐宋文也仅取此八家。明末茅坤承二人之说,选辑了《唐宋八大家文钞》共 164 卷,此书在后来流传甚广,"唐宋八大家"之名也随之流行开来。自明人标举唐宋八家之后,研究古文者皆以八家为宗。

八大家为唐宋古文运动的中心人物,他们提倡散文,反对骈文,给予当时和后世的文坛以深远的影响。所谓骈文,也称"骈体文"、"骈俪文"或"骈偶文",起源于汉魏,形成于南北朝,盛行于隋唐。因其常用四字、六字句,故也称"四六文"或"骈四俪六"。骈文要求以偶句为主,讲究对仗的工整和声律的铿锵,由于过于迁就句式,堆砌辞藻,往往影响文章内容的表达,所以韩愈、柳宗元力求打破原有的作法,自树立,不因循,提倡古文运动。此后,散文渐兴,骈文则衰落下去。

思考讨论

颈联"云横秦岭家何在,雪拥蓝关马不前"借景抒情,做到了眼前景与心中情的完美统一。请对此评价加以分析。

长安秋夕[1]

赵嘏[2]

云物凄凉拂曙流[3],
汉家宫阙动高秋[4]。
残星几点雁横塞[5],
长笛一声人倚楼[6]。
紫艳半开篱菊静[7],
红衣落尽渚莲愁[8]。
鲈鱼正美不归去[9],
空戴南冠学楚囚[10]。

注释

[1]《千家诗》题作《长安秋望》。　[2]赵嘏(约公元806—约852年):字承祐,楚州山阳(今江苏淮安)人。会昌末或大中初复往长安,入仕为渭南尉。与杜牧友善,有《渭南集》。　[3]云物:指天空中的云雾。拂曙:拂晓。流:流动延伸。指拂晓的光亮渐渐延伸。　[4]汉家宫阙:这里以汉喻唐,指唐代宫殿。动高秋:巍峨耸立的宫殿似乎触动了高高的秋空。　[5]雁横塞:大雁飞过边塞。横,越过。　[6]倚:靠。　[7]篱菊:篱笆旁边的菊花。晋陶渊明有"采菊东篱下,悠然见南山"之句。

[8]红衣:指红色的莲花瓣。渚:水中的小块陆地。　　[9]鲈鱼正美:《晋书·张翰传》载,张翰在洛阳做官,见秋风起,因想到家乡吴中的鲈鱼等美味,遂弃官而归。　　[10]南冠:囚犯,用楚国钟仪囚于晋国的典故,表现自己不得归去、备受拘囿的感觉。《左传·成公九年》:"晋侯观于军府,见钟仪,问之曰:'南冠而絷者,谁也?'有司对曰:'郑人所献楚囚也。'"后遂以"南冠"代"楚囚"。唐骆宾王《在狱咏蝉》:"西陆蝉声唱,南冠客思侵。"

赏析

　　全诗通过对长安拂晓凄清秋景的描绘,抒发了诗人的羁旅之思。首联描绘长安全景,诗人登高纵目远望,眼前凄冷的云雾在拂晓的光色中缓缓延伸,那巍峨耸立的宫殿直上云霄,好像要触动高高的秋空,写出了清秋拂晓的壮阔之景,这无疑给全诗笼罩了一层凄清的氛围。而"流""动"的运用,增强了画面的动感,写来生动形象。颔联亦写诗人望中所见,寥落的几点残星高高挂在广阔的天际,南归的飞雁也度越边塞。面对此情此景,诗人的思归之情油然而生。此时此刻,突然传来悠扬的长笛声,循声望去,只见远处高高的楼头有人倚在栏杆边吹奏横笛。这悠扬哀怨的笛声将诗人孤寂凄凉的情怀烘托得更为强烈。这一联对仗工稳,含蓄凝练,将满腔的羁旅思归之情渗透于真切的意象之中,读来凄清婉转。杜牧因此句称赵嘏为"赵倚楼"。

　　颈联变化视角,由上一联之仰视、平视转为俯视,紫菊半开,红莲落尽,写出了深秋时节的花事,也反映出诗人面对此景而生出好景无常的悲感。诗人在这一联中以"静""愁"二字形容花之情态,移情于物,正是王国维所说的"以我观物,物皆著我之色彩"。尾联以"鲈鱼正美"自然引出诗人对归隐的向往之情,但是"不归去",欲言又止,欲吐还吞,自己真像囚犯一样羁留京都。一个"空"字表现出自己滞留长安不能归去的迷惘和无奈之情。

文史链接

莼(chún)鲈之思

张翰,字季鹰,吴郡吴县(今江苏苏州)人,生卒年不详,西晋文学家。性格放纵不拘,时人比之为阮籍,号"江东步兵"。诗书俱佳,其写江南的菜花,有"黄花如散金"之句,李白很佩服他,写诗称赞:"张翰黄金句,风流五百年。"

齐王司马冏执政,召授为大司马东曹掾。当时王室争权,张翰托言见秋风起而思吴中"莼羹""鲈鱼",弃官还乡。不久,齐王冏败,张翰得免于难。《晋书·张翰传》曾记载此事:"(张翰)因见秋风起,乃思吴中菰菜、莼羹、鲈鱼脍,曰:'人生贵得适志,何能羁宦数千里以要名爵乎?'遂命驾而归。"刘义庆《世说新语·鉴识篇》中也有相关记载。后来被传为佳话,"莼鲈之思"也就成了思念故乡的代名词。张翰之典亦被传为归隐的美谈。南宋词人辛弃疾在其《水龙吟·登建康赏心亭》中亦引用其典故,他说:"休说鲈鱼堪脍,尽西风、季鹰归未?"词人不学为吃鲈鱼而还乡的张季鹰,表现了其直面现实,不愿逃避的壮志。

思考讨论

赵嘏《长安秋夕》中之"残星几点雁横塞,长笛一声人倚楼"之句,当时人诵咏之,以为佳作,遂有"赵倚楼"之目。赵嘏又有《长安月夜与友人话归故山》诗,云:"杨柳风多潮未落,蒹葭霜在雁初飞。"不减"倚楼"之句。请你结合这两句诗说说诗人在意象选取和情感表达上的关联性。

时世行[1]

杜荀鹤[2]

夫因兵死守蓬茅[3],
麻苎衣衫鬓发焦[4]。
桑柘废来犹纳税[5],
田园荒尽尚征苗[6]。
时挑野菜和根煮[7],
旋斫生柴带叶烧[8]。
任是深山更深处[9],
也应无计避征徭[10]。

注释

[1]诗题又作《山中寡妇》、《时世行赠田妇》。　[2]杜荀鹤(公元846—904年):字彦之,自号九华山人,池州石埭(今安徽石台)人。出身寒微。曾数次上长安应考,不第还山。直到46岁才中进士,次年因政局动乱,复还旧山。以诗名,尤长于宫词。其诗语言通俗,部分作品反映唐末军阀混战中的社会矛盾和人民的惨痛境遇,在当时较突出。有《唐风集》。　[3]兵:这里指战乱。蓬茅:简陋的茅草房。[4]麻苎衣衫:用粗糙的苎麻布做成的衣服。焦:枯黄。　[5]柘(zhè):树木名,叶子可以喂蚕。废:

荒废。　　[6]征苗:征收青苗税。青苗税是代宗广德二年(公元764年)开始增设的田赋附加税,在粮食成熟前征收。　　[7]挑:挑拣。和根:连根。　　[8]旋:随即。斫(zhuó):砍。　　[9]任是:任凭是。　　[10]无计:没有办法。征徭:赋税和徭役。

赏析

全诗描写居住在大山深处的一位寡妇饱受战乱徭役之苦的情形,反映了唐代末年战乱频仍、民生凋敝的社会面貌,表达了诗人对民瘼的关心。

首句从动乱的社会背景写起,点出了这位农妇的不幸遭遇:丈夫在战乱中死去,迫使她逃入深山,孤身栖息于简陋的蓬茅之中。下一句将目光聚焦到这位寡妇的身上,说她因为苦难的煎熬而面容憔悴、鬓发焦黄,并且穿着一件粗糙的苎麻衣服。这样的刻画和描摹,更能衬托出人物内心的悲苦和饱经忧患的身世,写来生动,具有极强的感染力。这样一位贫穷的农妇,以为躲进深山能够逃避赋税和徭役,可是统治阶级仍没有放弃对她的无情榨取,所以诗人说"桑柘废来犹纳税,田园荒尽尚征苗",桑柘尽毁,田园荒芜,即使是这样,官府也依然不顾及百姓的死活,继续征苗纳税。其中之"犹""尚"的运用,刻画出统治阶级冷酷无情的嘴脸。颈联描写农妇贫苦艰难的生活,挖来的野菜连根煮食,砍来的生柴带叶燃烧,渲染了山中农妇贫穷悲苦的生活状况。尾联中诗人难以掩抑胸中的悲愤,宕开一笔,发抒悲感,"任是深山更深处,也应无计避征徭",深山之中犹有毒蛇猛兽,百姓竟不惧生命危险,藏匿深山,其目的竟然是为了躲避赋税徭役,但剥削的魔爪无孔不入,真可谓"苛政猛于虎也"。"任是""也应"等词语揭露了统治阶级对人民的残酷压迫和剥削,也写出了诗人的愤激之感和对百姓的深切同情。

全诗语言平易,叙议结合,借对一位深居大山的寡妇贫苦生活的描绘,将统治阶级之残酷刻画得入木三分,深化了诗歌的主题。

文史链接

宫词为唐第一:杜荀鹤《春宫怨》

宫词一诞生,就与"宫廷"结下了不解之缘。中唐王建100首《宫词》以数量和形式上的独创性而名垂诗史,宫词体由此而正式确立起来。当然,在王建之前,顾况、戴叔伦亦有少量宫词作品传世。从早期宫词的体式和所描述的题材内容来看,我们约略可知,宫词是以宫闱为中心,以描述宫廷生活、记述宫廷事件、抒发宫人感情为主的诗歌,体裁上一般是七言绝句的联章组诗。诗体而称为词,可能与其笔涉男女之情和入乐的乐府歌辞特征有密切关系。

杜荀鹤诗作中,列在《唐风集》卷首的《春宫怨》,被人说是"宫词为唐第一",此诗并流传谚语说:"杜词三百首,惟在一联中。风暖鸟声碎,日高花影重。"全诗云:"早被婵娟误,欲妆临镜慵。承恩不在貌,教妾若为容。风暖鸟声碎,日高花影重。年年越溪女,相忆采芙蓉。"此诗含有自叹无人赏识之意。首联写因貌美而入宫,受尽孤寂,不愿梳妆。颔联写取宠不在容貌,因而不必装扮了。颈联写景,春风骀荡,风和日丽,鸟语花香,借以烘托春心受残、寂寞空虚的情感。末联写往日之悲苦,更露其怨情。其中,颈联"风暖鸟声碎,日高花影重",运用了以宫女的不幸身世托喻自己怀才不遇的比兴手法,成为后人所推崇的名句。

思考讨论

诗歌是缘情而发,有直接抒情和间接抒情,总之是以感情来拨动读者心弦的。杜荀鹤《山中寡妇》之所以感人,正在于它富有浓厚的感情色彩。请谈谈此诗的抒情特点。

山园小梅[1]

林 逋[2]

众芳摇落独暄妍[3],
占尽风情向小园[4]。
疏影横斜水清浅[5],
暗香浮动月黄昏[6]。
霜禽欲下先偷眼[7],
粉蝶如知合断魂[8]。
幸有微吟可相狎[9],
不须檀板共金樽[10]。

注释

[1]《千家诗》题作《梅花》。 [2]林逋(公元967—1028年):字君复,钱塘(今浙江杭州)人。少孤多病,恬淡好古。早年漫游江淮间,大约40岁后归隐杭州西湖孤山,赏梅养鹤,终身不仕,也不婚娶,后世称其"梅妻鹤子",当时名声很大,士大夫争相拜访。宋真宗闻其名,诏赐粟帛,还命地方官优加劳问,卒谥和靖,世称"和靖先生"。其诗孤峭浃澹,自写胸意,多奇句,而未尝存稿。风格澄澈淡远,多写西湖的优美景色,反映隐逸生活和闲适情趣。 [3]众芳摇落:百花凋零。暄妍:形容花开得鲜丽明

媚。　　[4]风情:风光。　　[5]疏影:梅花疏朗淡雅、错落有致的影子。　　[6]暗香:幽香、清香。月黄昏:月色朦胧昏暗。[7]霜禽:指冬天不畏霜寒的鸟,或说指羽毛素洁的鸟。偷眼:偷看,不敢正视。　　[8]粉蝶:蝶类体表多粉,故称。合:应当。断魂:销魂。　　[9]微吟:独自低声吟诵诗句。相狎:相亲,亲近。[10]檀板:用檀木做的拍板,唱歌时用以击节伴奏。这里代指歌舞。金樽:酒杯的美称。这里代指宴饮。

赏析

　　这是一首咏梅花的诗。林逋现存咏梅诗共8首,世称"孤山八咏"。其中这首《山园小梅》在众多的咏梅诗词中高标独出,具有独特的艺术魅力。

　　首联写梅花在众芳摇落的情形下独自开放,风韵无限。其中"众"与"独"、"暄妍"与"摇落"形成鲜明的对比,突显出梅花凌寒独放的坚强品格。颔联字字传神,最为有名。据记载,此联由南唐江为残句"竹影横斜水清浅,桂香浮动月黄昏"点化而得,用以写水边月下梅花的枝条疏朗淡雅、错落有致,幽香飘散,若断若续之姿态,简直将梅花之幽独娴雅、骨秀神清的神态写尽了,真可谓得梅花之神韵。颈联用反衬的手法写梅花的风韵,以禽鸟作衬托,"偷眼"写禽鸟欲下,竟被梅花所吸引,迫不及待地偷看几眼;"粉蝶"句为诗人想象之词,凸显梅花之香气。"断魂"虽用语夸张,但将梅花之色、香写得淋漓尽致。咏物诗中,有时不直接从正面刻意描写物之情态,而是借用反衬、侧面描写等手法进行烘托,这样比正面体物更具有艺术感染力,颈联便是如此。尾联直抒胸臆,"幸有微吟可相狎,不须檀板共金樽",酒筵歌席、觥筹交错的热闹不能与幽逸高洁的梅花来相伴,只有诗人的幽吟低咏才可以与它相映生辉,将诗人闲远的意趣、高洁的人格反映出来。

全诗虚实结合、动静相宜,加之细致入微的形象摹写、拟人传神的环境烘托、情景交融的意境营造,使其成为千古咏梅绝唱。

文史链接

疏影横斜水清浅,暗香浮动月黄昏

北宋处士林逋隐居杭州孤山,植梅放鹤,"梅妻鹤子"被传为千古佳话。他的《山园小梅》诗中的名句"疏影横斜水清浅,暗香浮动月黄昏"是梅花的传神写照,被誉为千古绝唱。

从此以后,咏梅之风日盛,如宋代文坛上的几位大家欧阳修、苏轼、王安石、陆游、辛弃疾、杨万里、梅尧臣等,都写过许多咏梅诗词。欧阳修说:"前世咏梅者多矣,未有此句也。"苏轼甚至把林逋的这首诗,作为咏物抒怀的范例让自己的儿子苏过学习。辛弃疾在《念奴娇》中奉劝骚人墨客不要草草赋梅:"未须草草赋梅花,多少骚人词客。总被西湖林处士,不肯分留风月。"因为这联特别出名,所以"疏影""暗香"二词,就成了后人填写梅词的调名,如姜夔有两首咏梅词即题为《暗香》、《疏影》,此后即成为咏梅的专有名词,可见林逋的咏梅诗对后世文人影响之大。

宋代陈与义《和张矩臣水墨梅》中说:"自读西湖处士诗,年年临水看幽姿。晴窗画出横斜影,绝胜前村夜雪时。"他认为林逋的咏梅诗已压倒了唐齐己《早梅》诗中的名句"前村深雪里,昨夜一

枝开"。王士朋对其评价更高,誉之为千古绝唱:"暗香和月入佳句,压尽千古无诗才。"明代诗人又有"不受尘埃半点侵,竹篱茅舍自甘心。只因误识林和靖,惹得诗人说到今"之句。可见,从北宋中后期开始,林逋佳句成了咏梅诗最为常见的话题和典故。

思考讨论

晚唐诗僧齐己曾写过一首五言律诗《早梅》,中间两联曰:"前村深雪里,昨夜一枝开。风递幽香出,禽窥素艳来。"请结合林逋《山园小梅》中间两联,说说他们在写法上有什么不同之处。

寓　意[1]

晏　殊[2]

油壁香车不再逢[3],
峡云无迹任西东[4]。
梨花院落溶溶月[5],
柳絮池塘淡淡风。
几日寂寥伤酒后[6],
一番萧索禁烟中[7]。
鱼书欲寄何由达[8],
水远山长处处同。

注释

[1]诗题一作《无题》。寓意：借其他事物寄托本意。
[2]晏殊(公元991—1055年)：字同叔，抚州临川城(今属江西)人。晏殊14岁应神童试，真宗召他与进士千余人同试廷中，他神气自若，援笔立成，赐同进士出身。历仕真宗、仁宗两朝。从秘书省正字官至知制诰，进礼部侍郎。后因事出知宣州，改应天府。又任礼部、刑部、工部尚书，同平章事兼枢密使，封临淄公，病卒于东京，仁宗亲临祭奠。谥"元献"，世称晏元献。晏殊历任要职，更兼提拔后进，如范仲淹、韩琦、欧阳修等，皆出其门。晏殊一生富

贵优游,笔调闲婉,理致深蕴,音律谐适,词语雅丽,为当时词坛耆宿,在北宋文坛上享有很高的声望。诗、文、词兼擅,仅存《珠玉词》及清人所辑《晏元献遗文》。　　[3]油壁香车:古代妇女所坐的车子,其车壁、车帏用油涂饰,故称。这里指美人乘坐的华贵的车子。　　[4]峡云:巫峡上空的行云。这里用巫山神女与楚襄王相会的典故,见宋玉《高唐赋》:"昔者先王尝游高唐,怠而昼寝,梦见一妇人曰:'妾,巫山之女也。为高唐之客。闻君游高唐,愿荐枕席。'王因幸之。去而辞曰:'妾在巫山之阳,高丘之阻,旦为朝云,暮为行雨。朝朝暮暮,阳台之下。'旦朝视之,如言。故为立庙,号曰朝云。"　　[5]溶溶月:月光似水一般明净、皎洁。[6]寂寥:孤寂。伤酒:中酒,病酒。　　[7]萧索:萧条,冷落。禁烟:指寒食节禁火。旧时清明前一日为寒食节,这一天禁火。[8]鱼书:即书信。古人寄书信用鲤鱼形木函,故称。又鱼可以传书。语出古乐府《饮马长城窟行》:"客从远方来,遗(wèi)我双鲤鱼。呼儿烹鲤鱼,中有尺素书。"

赏析

　　全诗以春景作渲染,表面上写对一位女子的苦苦思念以及无由相见的怅惘,实则暗含了更深一层意思。首联就以直接的口吻将读者带入到惆怅的意绪之中。坐在油壁香车里的美丽女子再也见不到了,真是"来是空言去绝踪",就像巫峡上的行云一样,飘忽不定,任意西东。诗人在这里运用了巫山神女与楚襄王相会的典故。颔联以景衬情,含蓄蕴藉。月色溶溶,花影寂寂,柳絮池塘,微风淡淡,相映生辉,这迷人的景色引发了诗人无限的怅惘和凄迷。其中"溶溶""淡淡"给人一种轻盈美妙之感。月色之下的一树梨花散发出幽淡的芳香,池塘边的柳絮在淡淡的微风中轻盈起舞,诗人于此营造出一种清幽的境界,传达出内心中缠绵的情致。春景愈是芬芳迷人,诗人内心愈是酸楚失落。

颈联"几日寂寥伤酒后,一番萧索禁烟中","禁烟"表示时令,即寒食前后,写诗人因寂寥而在寒食独自饮酒的情形。其中"几日"、"一番"等词语的运用,使人读后不能不感到寂寞,不能不感到悲伤,真可谓"酒入愁肠,化作相思泪"。尾联中诗人这种思念的情绪变得更加炽烈,于是便有"鱼书欲寄何由达"之句,我写好一封信,想要寄与她,可是到处都是高山远水的阻隔,怎么能够寄到呢?这与诗人《蝶恋花》(槛菊愁烟兰泣露)中之"欲寄彩笺兼尺素,山长水阔知何处"写法相似,末句之"水远山长处处同"看似旷达之语,实则蕴涵着深沉的意味。

此诗表达的意思十分明了,但以"寓意"为题,表明诗人确有所指,我们亦不能穿凿附会,强作诠解,但可以看到诗人在此诗中所表现出的对美好事物或理想追寻的破灭以及情感失落怅惘的凄迷心绪。

文史链接

寒食节的由来

寒食,即寒食节,亦称"禁烟节""冷节""百五节",在每年4月4日,即清明节的前一天。这一天禁烟火,只吃冷食,所以称为"寒食节"。

相传寒食节禁火源于纪念春秋时晋国大臣介之推。晋献公时晋国发生内乱,介之推与晋文公重耳流亡列国,曾割股肉供文公充饥。文公复国即位后,忘记了他的功劳,介之推不求利禄,与母归隐绵山。文公焚山以求之,大火烧了七天七夜,介之推坚决不出山,抱树而死。文公葬其尸于绵山,修祠立庙,并下令于介子推焚死之日禁火寒食,以寄哀思,后相沿成俗。在后世的发展中逐渐增加了祭扫、踏青、秋千、蹴鞠等风俗。

不少文人墨客都写过关于寒食节的诗文。唐人韩翃《寒食》云:"春城无处不飞花,寒食东风御柳斜。日暮汉宫传蜡烛,轻烟散入五侯家。"《千家诗》曾选入此诗。唐人孟云卿亦有《寒食》云:"二月江南花满枝,他乡寒食远堪悲。贫居往往无烟火,不独明朝为子推。"

思考讨论

寒食节后来逐渐消失了,但寒食节祭扫祖先的习俗并入了清明节中。如今,山西的绵山被誉为"中国寒食清明文化之乡",每年都会隆重举行纪念介子推的活动。请搜集有关清明、寒食的诗词,以加深理解。

跋:古典的回归与文化自觉

子曰:温故知新。人类历史的发展,每至偏执一端,往而不返的关头,总有一股新兴的返本运动继起,要求回顾过往的源头,从中汲取新生的创造力量。中国,如今正处在这样一个历史大转型的关头。在这样的关头,如果没有一种共同的、并能包容各种文化的价值观作为基础是很难想象的。而且,只有在一个共同的价值观上我们才能共同面对挑战,也才会有道德力量去应对世界的变化。

中国近十几年来自民间发起,逐渐发酵并至官方响应并积极作为的传统文化复兴运动,正是这样一种探究。在回归古典、寻找本源的启示中重新建构我们的伦理共识与文化认同。倡导多读古典,就是为了懂得聆听来自中华民族文化根源的声音,只有我们更加懂得向历史追问,才能够清醒地直面当世的困惑。在往圣先贤几千年来留给我们的文化资源、精神矿藏中,扩展我们的心量,从中获得历史的智慧与前行的方向。

我们深刻体悟到:要推动这项艰巨工程,在全日制中小学校常态教学中嵌入古典教育是关键。经过多年的研究、论证,邀请全国十几所高校各个研究领域的专门学人参与,最终编选了二十七册"新编国学基本教材"。从《三字经》《千家诗》等孩童启蒙读物开始,到《诗经》《论语》《左传》《孟子》《大学 中庸》《礼记》等的精研,由浅入深、循序渐进,以期一学期有一册在手,或自修、或教师讲授皆宜。当然,学古典是为了复苏我们的历史文化记忆,接续历史文化传统,其关键是在"传",而不在"统"。因此,这套"新编国学基本教材"涵盖面较广,既有儒家的经典,也有老子、庄子、墨子、荀子、韩非子等诸子思想,还有唐诗、宋词等古代文学璀璨的明珠,史学巨著《史记》《左传》等也列入选读范围。

诚然,传统文化的传承与复兴,不是一味地"复古",中国文化本来就是故去了的中国人生生创造之精神与物质的资产,在未来的行进中,中国文化也必然不是静态的、不变的,她是动态的、发展的、与时俱进的。我们希望广大使用这套国学教材的教师,能有这样的认知,在引导中小学生继承本民族既有的历史文化传统的同时,涵育他们全球化、现代化的视野与公民意识。中国文化拥有广阔的定义与视界,才能被全面欣赏与体认。

费孝通先生在晚年提出一个重要概念:文化自觉。他说:文化自觉是一个艰巨的过程,只有在充分认识自己的文化,理解并接触到其他多种文化的基础上,才有条件在这个正在形成的多元文化的世界里确立自己的位置,然后经过自主的适应,与其他文化一起,取长补短,共同建立一个有共同认可的基本秩序和一套多种文化都能和平共处、各抒所长、联手发展的共处原则。费老在他八十岁生日时还说过一句话:"各美其美,美人之美,美美与共,天下大同"。我想,这应该是当代有思想的中国人在全球化的时代背景下,继承传统历史文化中应该具有的胸襟与格局。

这套丛书由武汉大学国学院院长郭齐勇教授指导并担任总顾问。武汉大学国学院院长助理孙劲松先生、向珂博士在筹组编者队伍时提供了真诚无私的帮助。此后又蒙秋霞圃书院奠基人、历史学家沈渭滨,语言学家李佐丰,古典文献学者骆玉明、汪涌豪、傅杰、徐洪兴、徐志啸等教授在谋篇布局上的悉心指点,形成了本套"新编国学基本教材"的框架。确定框架之后,我们邀请了武汉大学、复旦大学、华东师范大学、南开大学、中国传媒大学、中山大学、内蒙古师范大学、陕西师范大学、南通大学等高校人文学科中青年学人和江浙沪地区几位优秀的中小学语文教师参与编写。

"新编国学基本教材"书名,由章汝奭先生书写;汝奭先生唯一的弟子白谦慎教授学贯中西,长年旅居海外,其书法亦承文人字传统,欣然续题新编部分教材书名;丛书封面所使用的漫画由丰子恺先生后人特别友情提供;内文中部分汉画像插画由北京大学朱青生教授提供;画家李永源先生近耄耋之年,为这套丛书手绘了数十幅插画,浙江电子音像出版社也为本丛书提供了大量精美的插画;海上国画名家邵琦教授颇有古士人之风,欣然赠画梅兰竹菊四君子,使本书又多了几分审美的趣味……这是一部寄予无量深情的作品,所有的抬爱,都源于师长们对于中华文化的敬意与温情,在此深揖致谢。

本套丛书2013年1月由浙江古籍出版社首次出版。2015年由华东师范大学出版社再版。此次经过修订、重编,第三版由上海财经大学出版社出版。一套纯粹由民间力量发起的国学普及读物得以三次出版,在一定程度上说明出版社与读者朋友对这套书的肯定。在此,向浙江古籍出版社、华东师范大学出版社、上海财经大学出版社和读者朋友们表示感谢!

由于主持者与编者的学识有限,尽管悉心编校,但不足之处难免,敬请方家、读者指正。以便来年修订时,相应校正。

　　差错和建议可致电:021－66366439,13816808263。通信地址:上海市嘉定区南大街嘉定孔庙秋霞圃书院,邮政编码:201899,电子邮件:qiuxiapu@163.com。

李耐儒
戊戌孟夏于嘉定孔庙

不信試看千萬樹東風著便成去
青藤小意
擷芳書屋邵燐

也知造物有知己故遣
佳人在空谷
東坡先生句
冀省書屋聊 琦白於滬上

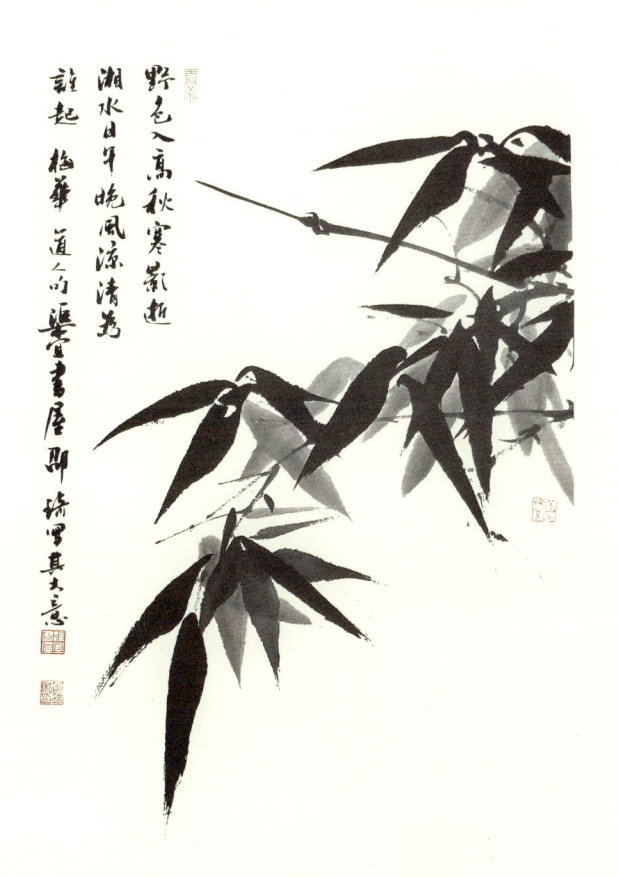

野色入高秋寒影遊湖水日平晚風涼清為誰起枇華道人即響書屋卽橋畫真大意

一卷新詩聽消廻雨幾枝霜
菊共秋寒
南田共生句
漚甲書屋鄧琦